最後の彼女

日野 草

最後の彼女

目次

百年桜

自分達を父娘《おやこ》だと思ってくれる人はどのくらいいるだろう。

市電に揺られながら、織部純也《おりべじゅんや》は溜息《ためいき》を呑《の》み込んだ。すぐ横には若い娘が腰掛けて、窓の外を過《よぎ》る景色を眺めている。そっと窺《うかが》えば、猫のように跳ね上がった眦《まなじり》や、それを彩る長い睫毛《まつげ》、桃色に塗った唇が目に眩《まぶ》しかった。プリーツスカートの膝に置いた手にはガイドブック。歳《とし》の頃は二十五、六。

そんな年頃の娘が父親と旅行だなんて想像しにくく、そのうえ彼女は純也に似ていない。

「次で降りるんですか？」

彼女は突然、純也に顔を向けた。

驚いた純也が瞬《まばた》きすると、彼女は市電の天井を指した。正確には天井ではなく、車内に流れるアナウンスを純也に聞かせたかったようだ。

――次は五稜郭《ごりょうかく》公園前電停、と告げている。

「うん。次だ」純也は短く、そして小さな声で答えた。周りを見回すことはできないが、できるだけ人目を引きたくない。

「わたし、五稜郭って初めて。桜がきれいなんでしょ？」

女の声が弾んだので、純也は危険を感じた。そんなに明るい、大きな声を出したら、他の乗客が注目する。萎《しな》びた中年男と若い女の組み合わせを見て、他の人間が何を思うか。考えただけでぞっとした。

「由希《ゆき》」

女が息を呑んだのがわかった。不思議に思って、隣を見た。

女は大きな目に光を浮かべて純也を見ている。

「名前、呼んでくれたから、嬉《うれ》しくて」

言うなり、腕を絡ませてくる。柔らかい感触に身体《からだ》の奥が波立ち、そんな自分に対する嫌悪感が押し寄せて来た。俺はこの期に及んで何を感じているのだ。まったく情けない。しかし、振り解《ほど》くことはできない。とにかく今日一日を安全に過ごす、それだけを考えなければならない。

車両が揺れ、電停に到着した。動き始めた乗客たちが誰もこちらに注目していないので、純也はほっとした。押し出されるように車両から降りる人達に続いて、由希と二人で停留所に降りる。狭い扉を通る時、純也はさりげなく由希の手を外させた。

停留所に降りると、空気が変わった。暖かい風と甘い香りが全身を包み、こんな時だというのに、純也の心を緩ませた。

顔を上げれば、日差しが強い。どこからか運ばれて来た薄紅色の花びらを見て、純也は、そういえばこの街の桜は夏の気配のそばに咲くのだった、と思い出した。

北海道・函館市。

もう会うことはないのだからこの街を旅行したい、と言った由希の願いを、どうして自分は受け容《い》れてしまったのだろう。純也が住む千葉県から飛行機に乗って、家族に嘘《うそ》をついてまで。しかし、これを最後にする、二度と会わないと条件を出されれば、純也は折れるしかなかった。

歩き出し、背後についてくる女の気配を感じながら、純也は苦い思いを噛《か》みしめた。

まったく俺はなんで、あんな女に手を出したのか。一度でも愛した、愛していると錯覚してしまったのか。いくら若かったとはいえ……。

車道の真ん中にある電停から横断歩道を渡って道を折れると、風に乗ってさらに多くの花びらが流れて来た。

「昔は、もっと開花が遅かったそうですけど。最近は本州より二週間くらいあとだそうです」

追いついて来た由希が言い、するっと純也の手を握った。純也は逃げるように腕を引いた。

「……やめなさい」

「どうして？」

雪は喉を震わせて笑う。その音に、侮蔑と優越感が混じっているのが聞こえた。

「いいじゃないですか、恥ずかしいですか？」

すぐ横をカップルが通り過ぎた。手を繋《つな》いでいるのを見て、純也は恐ろしいような気持ちになる。

もういちど伸びて来た由希の手から逃げるために、純也は速足になった。

なんとか諦《あきら》めてくれたのか、由希はもう純也に触れようとしなかった。

たくさんの観光客に混じって進んでいくと、行く手に桜並木が現れた。周りから、歓声のような溜息が聞こえる。五稜郭は幕末の史跡だが、今は公園になっていて、今頃の季節には園内が優しい色に染まる。

「すごいですねえ」

目の上に手を翳《かざ》し、日差しを遮《さえぎ》りながらうっとりと言う由希を、純也は観察した。

「桜なんて、東京にだってあるじゃないか」

「ありますけど、近場でお花見をしたら純也さんの奥さんや子供に見られるかもしれないじゃないですか。純也さんが困るでしょ」

そう言われてしまったら何も言えない。堀に架けられた橋を渡りながら俯《うつむ》くと、ボートに乗っている家族連れが目に入った。オールで漕《こ》ぐタイプのボートで、堀を流れる水の上にはいくつか同じボートが浮いている。あれに乗ろうと言われたら嫌だと思った純也は少しだけ足を急がせた。

幸い由希はボート遊びをねだらず、二人は無事に橋を渡り終えた。

高い石垣に囲まれた園内に入る。観光客の流れに沿って進み、純也たちは広場に出た。復元された箱館奉行所があり、休憩所のような売店が建っている広場に来ると、由希は一休みしましょうと提案した。

純也は同意したが、内心は感謝で一杯だった。空港に着いてからというもの、移動のしっぱなしで疲れている。宿泊はしないという約束だから荷物は少ないが、その分、早起きして朝一番の飛行機に乗った。睡眠不足と精神的な疲労で、身体はくたくただった。

「はい、どうぞ」

由希が買って来てくれたコーヒーを、ありがたく受け取る。熱いカップを両手で包《くる》むと、それだけで元気が出るような気がした。

ベンチに腰掛け、正面に建っている奉行所を眺めた。広い玄関には、ひっきりなしに大勢の人が出入りしている。中を見学できるのだなと思い、由希に入ってみたいか訊《き》こうか考えた。空港で合流してからずっと、純也は自覚できるほどむっつりと黙り込んでいたので、さすがに悪いような気がしてきている。

しかし、隣に座っている由希に目を遣《や》った途端、その考えは失《う》せた。由希も奉行所を眺めていたが、観光に来た人間の浮ついた横顔ではない。重要な話をしようとしている気配を感じ、純也は彼女のほうから切り出すのを待とうと思った。

カップがちょうどいい温度になり、純也は口をつけた。そのまま中身が半分になるまで飲み続けたが、由希は無言を通している。

純也は心が重くなるのを感じた。こちらから話を切り出すのを待っているのだ——これは由希からの、ささやかな圧力なのだ。

けれど、怒る気にはなれない。気持ちをぶつけられて当然のことを、純也はしてきたのだから。

コーヒーの黒い液面を見つめて、純也は声をこぼした。

「……これで最後にしてくれる、というのは、本当に？」

由希の気配がかすかに揺らいだが、純也には彼女を見る勇気が持てなかった。

返事がないので、続けることにした。黙ったままの若い女を相手に喋《しゃべ》り続けるのは屈辱だったが、自分を痛めつけるようなこの行為は、せめて由希への謝罪だと思った。

「君には、申し訳なかったと思ってる。本当にすまない……。できることならなんでもするつもりだ。もちろん、できることなら、だけど……あ、いや……」

純也は自分の言葉を打ち消した。そんな提案をして、妻に会わせろとか、莫大《ばくだい》な慰謝料だとかを要求されたらどうするのだ。

由希が静かに息を吐いた。気に入らない言葉だと言われているようで、純也はもう一口コーヒーを飲んだ。だいぶ減っている。飲み終わるのが怖い。

考え込んでいると、由希が何かを言った。聞き取れなかった純也が顔を上げると、由希はすっと立ち上がった。

「怖いんですか？　って訊いたんです」彼女は明るく微笑《ほほえ》んでいた。

「あ、いや……」

由希は笑みを深くすると一瞬にして消し、ベンチにカップを置いた。そして、広場に向かって声を張り上げた。

「すみませーん！」

純也の全身から体温が引いた。よく通る由希の声に振り向いたのは、一人や二人ではない。外国人の観光客でさえ、身体ごとこちらを向いた。

「あっ。そこの人、ちょっといいですか」

由希が手招きをしたのは、桜にカメラを向けていた若い男だった。地元の人間なのか、地味な服を着て、本格的なカメラを抱えている。男は美しい由希を見て、眼鏡の奥の目を輝かせた。

こちらに注目していた人々が次々に目を逸《そ》らして行く。純也はなぜか、全員が由希に選ばれた一人を羨んでいるように錯覚した。

手招きをしたくせに、由希は自ら男に駆け寄って行った。

純也も立ちあがったが、そばへ行くのは躊躇《ためら》われた。男は由希に何かを言われながらしきりに頷《うなず》き、純也を一瞥《いちべつ》した。蔑《さげす》むような笑みが口元に浮かんだように見えた。

「じゃあ、お願いします」

駆け戻った由希は、問答無用で純也と腕を組んだ。男が、彼が持っているカメラをこちらに向ける。純也は慌て、腕を振り解くか、男を止めるか迷った。その隙にシャッターを切られてしまう。

「ありがとう」

純也を放り棄《す》てるようにその場に残し、由希はふたたび男に駆け寄った。何かを話しながら、今度は男にメモのようなものを渡している。純也は混乱し、今度こそやめさせなければと踏み出し掛けたが、無理にメモを奪えば男が騒ぐかもしれない。どうするのが正しいのか判断ができないうちに、由希が戻って来た。

「あとでデータを送ってもらうように頼んだんです」

純也が絶句すると、由希は冷えた目で微笑んだ。

「大丈夫、わたしにだけだから――純也さんの奥さんがスマホを覗《のぞ》いてびっくりする、なんていうことにはなりませんよ」

純也の腸《はらわた》が煮えくり返った。さっきの想像は大袈裟《おおげさ》ではなかった。由希は純也をいびって楽しもうとしている。

純也は上を見た。春の空には、陽《ひ》が高く昇っている。


五稜郭公園をあとにした由希と純也は、タクシーで函館港に向かった。お腹《なか》が空いたから一足早く昼食にしたいと由希にねだられた。港にはたくさんの商業施設があり、由希はいくつかあるレストランやカフェの中から地元にしかないハンバーガー屋を選んだ。しゃれた店で、客は皆おいしそうにハンバーガーを頬張っていたが、純也には味などわからなかった。

「このあとはどうする?」

向かい合わせの席に座って食後のデザートをつつく由希に、純也は尋ねた。彼女が着けている腕時計をさりげなく読むと、正午をだいぶ過ぎている。帰りの飛行機は午後六時台だったはずだから、あと五時間少々を耐えれば、俺はこの女から解放される。それまでの辛抱だと自分に言い聞かせた。

「そうですねえ……。ちょっと、このへんのお店を見ていいですか?」

純也は嬉しくなった。買い物なら時間をたくさん潰せる。

「いいよ」

「わたしに付き合うのが退屈なら、どこかで待っててくれていいですよ」

純也はそうすると答えた。声に安堵《あんど》が混じってしまったが、由希は嫌な顔をしなかった。

由希が入って行ったのは、港に沿って並ぶ赤レンガ倉庫だった。明治時代に造られた倉庫は、今はさまざまなテナントが入るショッピングモールになっている。純也は向かいのベンチに腰を下ろして、ガラス扉をくぐる由希を見送った。

一人になると心が緩んだ。食事をしたせいか、かすかな眠気を感じる。

純也はポケットからスマホを取り出した。

念の為に機内モードにしたままだ。家族には「入院している友人と会う」と言って来たが、信じたかどうかはわからない。信じたとしても、いくら妻が優しい性格をしているといっても、由希のことがバレたらおしまいだ。それこそ全力で純也を責めるだろうし、純也のほうには応戦する権利はない。妻の人生から追い出されるか、これから一生を贖罪《しょくざい》に生きるか、……あるいはもっと悪い事態になるかだ。

せり上がって来たものを散らすため、純也は溜息をついた。人生はまったく、なんでこう次から次に問題がぶつかってくるのだろう。

手の中のスマホを見つめ、いちどくらいは連絡を入れておいたほうがいいだろうか、と考えた。そのためには、波の音や商業施設の呼び込みの音楽が聞こえない場所へ移動したほうがいい。少しくらいなら、離れても平気だろう。

腰を浮かした時、真横から由希の声がした。

「お待たせしました」

振り向いた途端、手からスマホが落ちた。

声に驚いたからではなかった。由希が着替えていたからだ。大きな襟のニットと長いスカート、暗い色のブーツ……。

打ちのめされた純也の視界が揺れた。息の仕方さえ、一瞬、わからなくなった。

倒れるようにベンチに座り込んだ純也の足元に由希が手を伸ばして来たので、純也は反射的に身体を引いたが、由希は落としたスマホを取っただけだった。

「大丈夫ですか？」

「気を付けて。壊れてはいないみたいですけど」

こちらを見下ろす由希の微笑みは冷たい。純也の反応を面白がっているのが、目の光でわかった。

純也は喘《あえ》ぎながら言った。

「君、君は、何を……」

「中で服を買ったんです。さすがにおなじものは無理ですけど、できるだけ近いものにしました。さっきまで着てた服はロッカーの中です」

由希はスカートをつまみ、裾を揺らした。純也はいよいよ息が詰まり、声を出そうとして咽《む》せた。

由希は、華やかに笑った。

「わたし、そんなに母に似てますか？」

それから不意に腰を曲げ、純也の耳元で囁《ささや》いた。

「答えてよ、お父さん」

ベンチから転げ落ち、そのまま走ろうとした。何度か地面を靴底で蹴ってから、はっとした。どこへ行こうというのだ。走ったところで――由希という現実からは逃げられない。

足を止めて振り向いた。さっきまで座っていたベンチは思ったよりも遠くにあり、由希は泰然とこちらを見ていた。

顔がはっきり見えない距離だからこそ、服装が印象的になる。由希はそのものではないと言ったが、純也にはまったく同じに見えた。もちろんそんなはずがないのだが、おなじ服に見えるということは、それだけ記憶が曖昧になっているということだ。

二十六年前、この函館で棄てた恋人の姿が……。

＊

「逃げちゃうんですか？」

由希はおどけた口調で言い、純也のスマホを持った手を海のほうへ伸ばした。護岸には柵などなく、指を開けばスマホは簡単に海中へ落下してしまう。

純也が足早に戻ると、由希は肩を震わせて笑った。だが周囲には観光客が行き交っていて、飛びついて奪うようなことはできない。純也は情けなく思いながらも、由希と向かい合ったまま立ち尽くした。

「逃げてもわたしは、あなたの家や電話番号を知っていますからね。それに、信頼できる友達にお母さんとあなたのことを話してあるんです」

「何が望みだ？」

由希は眉を寄せ、嫌悪を表した。純也は自分が口にした言葉が失敗だったと気づいたが、出してしまった言葉は引き戻せない。

いっそ続けたほうがいいと思って、言葉を繋げた。

「金ならできる限り渡す。謝って欲しいなら、いくらでも謝る。だからもうやめてくれ。君は知らないんだ、うちは今……」

「知ってますよ」由希はゆっくりと腕を引き、身体の横に下ろした。「だから来たんです」

殴られたように、純也は何も考えられなくなった。

だがすぐに、怒りが湧いて来る。この野郎——罵声を噛みしめた途端、由希の目が冷えた。

純也の心を見透かし、責めている目つきだった。あなたにそんなことが言えるんですか……。

圧力を感じて、純也の心は簡単に折れた。何も言えるわけがない。純也が彼女、由希の存在を知ったのは、ほんの一週間前なのだ。

最初は電話だった。その日帰宅すると、妻からインターネットの本屋から電話があったと言われ、電話番号が書かれたメモを渡された。純也はよくネットのショッピングサイトを使うけれど、それは知らない番号だったし、そもそも本屋に注文をした覚えがない。

訝《いぶか》しみながら電話をかけると、若い女が出た。知らない声だった。相手は由希と名乗り、誰にも話したことがない二十六年前の恋人の名前と、自分が純也と彼女の娘である事実を告げたのだ。

由希から目を離せずにいると、由希は不意に、会ってから一度も見せたことがない笑顔を浮かべた。

「わたし、お母さんに似てるでしょ。よく言われるんですよ」

そう言うとスマホを握った手をスカートのポケットに入れ、もう片方の手で純也の手首を掴《つか》んだ。

「行きましょう」

「……どこへ？」

「決まってるじゃないですか。あなたが母を置き去りにした場所です」

純也は呻《うめ》いた。抵抗したが、由希は純也を引っ張った。二十六年かけて追いつかれた罪の力に、純也の心は屈服した。

＊

赤レンガ倉庫の横を通り過ぎ、幅広の車道を渡る。十字街と書かれた電停を越えて歩くと、やがて坂道に差し掛かった。

「待ってくれ」足元の感触の恐ろしさに、純也は叫ぶように言った。

函館の坂道はただの坂ではない。そのうしろに聳《そび》えている函館山の稜線で、このままっすぐに登れば、すぐにあの場所に着いてしまう。

「待てることなんて、何もありませんよ」

由希はぐいぐいと純也の腕を引いて行く。

純也は、すぐに息切れがし始めた。急勾配の坂道は、階段よりもきつい。肺がきしんで、心臓が激しく脈打っている。純也は泣きたくなった。函館を訪れるのは二十六年ぶりだが、あの時はこんなにつらくはならなかった。笑う余裕さえあった。自分の老いを感じるとしても、こんな場面で思い知らされたくはなかった。

「本当に……息が切れて……」

顔を伏せた時、純也はそこが二十六年前に歩いたのと同じ坂であることに気づいて、はっとした。函館山の坂道は十九本もある。目的の場所に着ける坂は他にもあるのに、偶然とは思えない。

「君、もしかして……」

純也が大事なことを言おうとしているとわかったのか、由希の歩くスピードがいくらか緩やかになった。

息切れを堪《こら》えながら、途切れ途切れに尋ねる。

「お母さんから、言われて来た？　だから、どの坂を登ったのか、も、わかるのか」

由希は答えなかったが、純也の手首を握った指に力がこもったので、正解なのだと理解した。

「お母さんは、元気なのか？」尋ねてから、どうして空港で待ち合わせをしてすぐに訊かなかったのだろうと後悔した。彼女の名前を出すのが怖かったとしても、先延ばしにしなければ、何か手を打てたかもしれないのに。「元気なんだね？」

どこにいるのか尋ねようとした直後、閃《ひらめ》いた考えに恐ろしくなった。

「待て。まさか」

今度こそ本当に立ち止まる。由希を引っ張ったが、彼女はよろめきもせずに純也を振り返った。しかし、もう無理に登らせようとはしない。

「まさか、待ってるんじゃないだろうな。あの人が、この先で？」

「……。だったらどうだって言うんです？」

純也は頭を振った。由希の表情が険しくなり、指の力がさらに強くなった。

「また逃げるんですか？　逃げても捕まえますよ。今度はすぐに」

純也の表情から諦めを読み取ったのか、由希は前を向いて歩き出した。だがすぐに、純也は自分を奮い立たせた。罪は罪として、純也が積み上げた二十六年間の人生を守らなければならない。そこには現在の純也の、大切な人やものが詰まっているのだ。

説得するしかない。純也は、呼吸を整えた。

「俺と君のお母さんは、恋人同士だった」

何かを感じたように由希は振り返ったが、何も言わずに前を向いてしまった。

正論だけでは反発されるし、かといって感情の話は役に立たない。その両方をうまいこと混ぜて、由希の心に響かせないといけない。

「君だって、誰かを好きになったことくらいあるだろう。自分の想いに従うと決めたら、その先は完全に自己責任だ。俺が君のお母さんの期待通りに、君のお母さんを愛せなくても責任はない。反対に、もし君のお母さんが俺をふっても、それは受け容れなくちゃいけないことだった。違うか？」

由希の足は止まらなかった。

坂道を登り終え、高い柵に囲まれた公園に入る。純也はなんとか言葉を重ねようとしたが、頑として歩き続ける由希の姿からは、何を言っても聞き入れない意志を感じた。

足元が砂利道に変わった。ふたたび上り坂だが、舗装されていないので歩きづらい。行く手に、緑の森を割って噴き出した桜の花が見えて、純也はこれから起こることに背筋が寒くなった。

彼女たちは二十六年分の恨みを込めて、純也を糾弾するだろう。純也からすれば、こっちにだって人生がある、こんなに時間が経《た》ってから昔の憎しみをぶつけに来るなんて反則だと言いたいが、どんなに理屈を並べてみても、純也の罪は消えない。

どうすれば許してもらえるのだろう。せめて言いたいだけ言わせて、平謝りに謝るしかない。それに心の片隅には、喜びとは呼べないが、それに近い光のような希望があった。彼女に会えたら謝ることができる。謝りたかったのは本当だ。たとえそれが、許されたら楽になれるという、自分勝手な気持ちだったとしても。

由希が足を止めた。純也は反射的に顔を伏せた。そんな純也を咎《とが》めるように由希が腕を引き、よろめいた純也は前のめりに数歩進んだ。手が離れ、その拍子に顔を上げた。

目の前に、二本のソメイヨシノがあった。太い幹とくねった枝の先で、花は燃え上がるように盛りを迎えている。

植えられて百年を超えたから百年桜と呼ばれると、純也に教えてくれたのは彼女だった。

純也は咄嗟《とっさ》に周囲を見回した。二十六年前もここは、桜は見事だが、他の観光名所からはやや遠いために観光客はあまり来なかった。今も人はいない。……彼女らしき人の姿も。

その場に膝をついた純也の背中に、由希の言葉が降りかかって来た。

「あなたは二十一歳。お母さんは十も上でした。あなたのお父さんが事故に遭って、家業を継ぐはずだったお兄さんから、会社の業績がもうずっと前から芳しくなかったことを知らされたんですね」

純也は新鮮な風が胸を通り抜けるのを感じた。あの頃の自分について、誰かから聞くのは初めてのことだ。

子供の頃から勉強のできる純也を庇護《ひご》してくれていた父が動けなくなった途端、寡黙だった兄は意気揚々と純也を攻撃した。会社は畳んで土地を売り、父さんの介護は俺がする。学費は出せないから大学を辞めろと勧告した。

今ならば怒りと諦めで自分の心を護《まも》ることができたろうが、あの頃の純也は幸せ過ぎた。家族を愛し、勉強をし、このまま人生は柔らかく続いていくものだと思っていた。だから兄の冷酷さに、まともに傷ついてしまったのだ。

「お母さんと、どうやって出会ったか覚えていますか……?」

由希の静かな問いかけに引っ張られるように、彼女と出会った夜の風景が蘇《よみがえ》ってくる。雨が降る直前の湿った空気、ネオンが滲《にじ》む都会の夜。男の嗅覚のようなものに従って入り込んだ路地には、露出の多い服装の女たちが暗闇のなかからこちらを見つめていた。

その時、彼女に気づいた。

影の中ではなく、街灯の明かりの下に匿《かくま》われるように立って、純也を見つめていた女性。胸元は広く開いていたが、スカートは膝まであり、肩に掛けた鞄《かばん》のストラップを握りしめていた。

目は言葉よりも豊かにその人物を語るというが、あの瞬間はまさにそういう目だった。純也は彼女が路上で体を売る行為に慣れていないことを読み取り、彼女のほうもまた、純也が女を買うことを好んでいないのを見破った。

だから彼女が近づいて来た時、純也は彼女に頷いて、一緒に路地を出たのだった。

崩壊しかけていた純也の心が、彼女にすべてを曝《さら》け出すのは自然な流れだった。家族のことを打ち明けると、彼女はつらかったんだねと一緒に泣いてくれた。彼女のほうは、自分の話などつまらないからとなかなか話してくれなかったが、二度三度と会ううちに、故郷の話やこれまでの搾り取られてばかりの人生のことを聞かせてくれた。ひとつ不幸を話すと、馬鹿みたいでしょう、と自分を嘲《あざわら》う。そんな手段でしか自分を守れなくなった彼女を、純也は愛しいと思った。……あの時は。

「……大学も中退して、働く気にはなれなかった。いや、生きようという気持ちになれなかった。……とにかくもう疲れていたんだよ」

そこから彼女と心中する流れになるまではあっと言う間だった。純也は、きれいな場所で死にたいと願った。それも、夜景が楽しめるホテルやテーマパークのような、人工的な美しさではなく。ここまできたらどこまでも純粋になってやろうと自棄《やけ》だった。すると彼女は、自分の故郷に素敵な場所があると言った。観光客がほとんど来ない山の中腹に、樹齢百年を超える桜が二本ある。ぴったりな場所よ。

それはいいね、と純也は答えた。美しい桜を心中場所にされてしまう地元の人々の苦痛を想像する余裕がなかった自分は、つくづく馬鹿だった。

二人で遅い春を迎えた街を観光して、決行は夜明け前。暗いうちに桜がある場所まで行く道筋は彼女が知っていた。

「宿を出たときは真っ暗だった」

純也は蘇ってくる記憶をそのまま口にした。

「寒くてびっくりした……まだ冬みたいな空気だった。市電は動いてなかったし、タクシーを呼ぶのも憚《はばか》られて、二人でひたすら歩いた……」

ホテルは市街地から離れた温泉街だった。湾曲した海岸線のせいで百年桜がある函館山は近くに見えたが、徒歩で向かうと歩くほどに遠ざかるようで、疲労が溜まっていった。彼女の手を掴んでいる指先だけ温かったので、縋《すが》るように握っていた。

「最初は、話をしてた……二人が出会ってから今日までのこと。ロマンチックな、これこそ運命なんだというような気持ちになれたのは、でも、最初だけだったんだ」

太陽の援護がない時間帯、北の大地は冬のような寒さだった。冷気は容赦なく純也の体温を奪い、疲労を与えた。肉体の疲労はそのまま精神を蝕《むしば》む。乾いていく気持ちに戸惑い、純也はなんとかして感情を保とうとした。彼女への愛、現実への失望、兄への憎しみ、父への甘え。自分たちの死体を見て、兄には罪悪感に苛《さいな》まれて欲しいし、父には昔のように抱き締めて欲しい。

だが、いくらそう思おうとしても、心から瑞々《みずみず》しい悲しみが飛び去って行く。悴《かじか》む手が、冷えて痛む足が、何かひとつの絶対的な言葉を純也に与えようとしていた。

「彼女は喋り続けていた。俺たち二人のことを繰り返し……でもそれも、街に入る頃には尽きて……」

静まり返った駅を通り過ぎる時、始発電車さえまだなのだと思うと安堵し、同時に残念にも感じた。駅員がいたら自分たちを妙に思い、声を掛けてくれるかもしれない。期待してしまった自分にぎくりとした。

「さっき君が……君と俺が歩いた道筋を辿《たど》る頃には、彼女は自分のことばかり話すようになっていた。前にも聞かされた話、初めて聞く話、不幸せな女の子が乾いた女になっていく物語だった」

彼女の隣で、純也ははっきりと悟ったのだ。

この女を終着点にしていいはずがない。

心臓が、恋のときめきを再現しようと高鳴った。彼女の手を強く握り、話を続ける彼女に微笑みかけた。彼女は、搾り取られるばかりだった人生について語っていた。同情してくれたのだと思ったらしく、くだけた笑顔を返してくれた彼女の目元の皺《しわ》や、街灯に光る鼻水が、純也の心の風穴を広げた。

彼女は喋り続ける。

足元は坂になり、一歩進むごとに、純也は心を浸していた恋が死んでいくのを感じた。

「彼女だって悪いんだ……」由希には話の繋がりがわからないだろうが、わかってもらおうと努力する気力は失せていた。「ずっと自分のことばかり話すから……一生懸命、私は可哀相で、同情されるべきで、不幸だから特別なのよって。そしてまた、言うんだ。『馬鹿みたいでしょう』……否定してもらいたくて、そう言うんだ……」

由希の声は寄り添うように優しく、純也は思わず笑った。

「恋が醒《さ》めちゃった？」

「目が覚めたんだよ。彼女は俺の死に値しない」

純也は立ち上がった。眩暈《めまい》がして、また自分の年齢を思い知ったが、今は老いが迫る歳まで生き抜いている自分が誇らしかった。

「でもどうする。あたりに人けはない。俺も彼女も遺書を書いて持って来ていた。今更やめようと言えば、彼女は暴れるかもしれない」

考えているうちに目的の場所に着いてしまった。純也は百年桜を見るのは初めてだった。彼女があまりにこの桜を褒めるから、命を絶つその時まで目にするのは我慢しようと思った。桜は美しかった。月明かりを浴びた花は光のように明るく、二本の樹はのびのびと枝を伸ばしていた。

まるで抱き合う寸前に時間を止められた恋人同士みたいなの、と彼女は言ったが、純也にはそうは見えず、むしろ自由に跳ね回る子供のように無邪気に見えた。

彼女は毒を取り出した。彼女が働いていた工場から盗んだ毒。名前は忘れたが、テレビドラマなどでよく耳にするのに、現実で目にする機会はない毒物だった気がする。毒が入った瓶を差し出す彼女の笑顔が、純也には醜く見えた。どうしてこの顔に愛情を抱いていたのか、不思議を通り越して恐ろしくなった。ありえない。

「その時には俺は、どうやって逃げるかだけを考えていた。あたりに民家はない……ここでなら、彼女が大きな声を出しても、少しくらい時間が稼げるかもしれない」

保身に傾いた思考は元気に逃げ道を探し始めた。純也の細胞すべてが、その変化を歓迎し、後押しした。

「一緒に飲もうと言われて、俺は止めなかった」

「ええ。でもあなたは、母だけを死なせるつもりもなかった」

純也は薄く笑った。なんだ、本当にいろいろ、聞いてるんだな。

「……ここで彼女に死なれたら、俺も罪に問われる。心中から逃げた男だと、後ろ指をさされる……生きづらくなる」

口をつけるふりをして彼女の様子を窺い、彼女が瓶を傾けた瞬間、純也は彼女を殴った。容赦も躊躇《ちゅうちょ》もない、乾いた力だったように思う。

瓶が彼女の手から離れて飛び、中の粉が溢《あふ》れた。空中に飛散する粉が輝くのを見て、純也は夜が明け始めていることを悟った。

「君のお母さんが仰《の》け反《ぞ》って倒れるのを見た時、俺は興奮したよ」

ひどい言葉を投げつけながら、純也は彼女を振り返る仕打ちを、自分自身に課すことはできなかった。

「あの時殴った相手は俺自身の弱さで、間違った道を進んでいた自分を、新しく生まれ変わった自分が正した……。そんなふうに思ったよ」

「母は母であってあなたじゃないですけど」

「……そうだね。俺に殴られた彼女がどんな顔でこっちを見たのかは知らない。とにかく彼女より先に宿に戻って、逃げなければと思った。坂を駆け下りる頃には、空が白くなっていた」

東京に戻る途中で、ポケットに入れっぱなしの遺書を見つけた。恐ろしさよりも、可笑《おか》しくなった。愚痴ばかりの女と死のうとしていた自分が、まるで別の人間のように遠かった。

新聞にもニュースにも、彼女が死んだことを匂わせる報道はなかった。きっと彼女のほうも死ぬのをやめたのだろう。信じていた男に殴られて失望し、もしかしたら彼女のほうも純也に愛想を尽かしてくれたかもしれなかった。

安堵した純也は、古い皮を脱ぎ捨てたように生き始めた。就職氷河期に突入していたが、まだぎりぎりバブル経済の残り香が漂う時代で、仕事はすぐに見つかった。それからは、足も心も地面につけて、一歩一歩大切に、毎日を生きてきた。

純也は深く息を吸った。

淡い春の香りが、純也の人生を肯定してくれているようだった。

「こんなにきれいな桜の前で死のうだなんて、本当に馬鹿なことを考えていたよ。俺は自分を不幸だと思っていたし、不幸だから何をしても許されるんだと勘違いしてたんだな」

由希の言葉を待ったが、彼女は何も言わなかった。純也は仕方なく、五稜郭でも口にした提案をもういちど言うことにした。

「君にはできるだけのことはする。君のお母さんも君を一人で育てるのは本当に大変だったろう。この気持ちに嘘はない。ただ、今すぐにとはいかないかもしれないんだ。わかっていて来たんだろう？」

「ええ」

振り向いた純也の鼻先に、筒状の何かが突き付けられていた。目を絞って焦点を合わせると、粉のようなものが入った茶色の小瓶だった。

「飲んでください。母が手に入れた毒とは、違うものですけど」

＊

呼吸を忘れて見上げた純也に由希は続けた。

「調べさせてもらったんです。あなたが婿養子に入った家は、今、お義父《とう》様の跡を誰に継がせるか協議中なんですね。あなたか、それとも専務か。あなたのものになれば、ゆくゆくはあなたの息子に社長のイスが渡るけれども、こんな時に過去がバレたら」

「君のお母さんは……こんなこと望んでない」

由希の目に驚きと嘲笑が浮かんだが、純也は構うことなく続けた。

「お母さんと話をさせてくれないか。君に謝る必要があるのと同じくらい、俺は君のお母さんに謝らなきゃ……」

「母は亡くなりました」

純也は言葉を失った。

「死ぬ前にお願いされたんです。あなたを同じ目に遭わせてあなたが死んでくれたら、わたしはすぐに警察に連絡をして事情を打ち明けます」

「バカな」

吐き出すように言った。

「……馬鹿ですか？」

「そうだよ。そんな、昔の男なんかにこだわって。君だって、人生を傷つけるようなことを」

「そうなのかな。母はずっとあなたの話ばかりしていましたけど。他の人と結婚するチャンスもあったけど、あなたのことを今でも好きだからって断っていました。わたしは、そういう母の想いに寄り添いたいんです。だって母はわたしを産んでくれたんですから」

もういちど罵《のの》ろうとして、純也は唇を閉じた。踏みにじるには美しすぎる何かが、そこにはあったからだ。

それでも、従うわけにはいかない。

純也の美しい季節は過ぎたのだ。

「それで、どうしますか？」

由希は小瓶を揺らした。

純也が手を差し伸べると、由希は驚いたような顔をした。もっと抵抗すると思っていたのだろう。

「割ったりはしない」

空中で止めた手が疲れたが、純也は姿勢を崩さなかった。

「そんなことをしたら君はすぐに俺の家に連絡をするんだろう。確かに君の言う通り、命を差し出せば、あの義父も俺の妻や息子を放り出すような真似はしないかもしれない」

そこを訴えると、由希の心はようやく傾いたらしい。目にはまだ不信が残っていたが、小瓶を純也に渡した。純也は小瓶をしっかりと両手に包んだ。

「これは飲む。でも、今じゃない」

　由希が言い返す前に、小瓶を胸に押し付けた。

「今の俺には家族がある。家族を愛してるんだ。俺は君のお母さんに恋をした。本当だ。人生で一番の、最初で最後の恋だった。他の誰を愛しても、俺の恋はあれだけだったよ。だからいつか……今なら、という時が来たら、これを飲む。息子が俺を必要としなくなって、妻が俺よりも先に死ぬとか。そうじゃなくても、俺が病気になったら……病気で死ぬより先にこれで死ぬ。その時には必ず、君のお母さんのことを考える。彼女との恋が、俺を生かしてくれた。あんなに自分勝手に人を裏切った経験がなかったら、俺は自分の人生を生きられるほど強くはなれなかった」

　罵られるのを覚悟で顔を上げた純也だったが、由希は穏やかに頷いただけだった。

　うしろから、誰かの手が伸びてきた。力強い男の手だった。手は純也の指から、あっけなく毒の入った小瓶を取り上げた。

＊

　振り向いた純也は驚きのあまり息を呑んだ。背後にいたのが、五稜郭で写真を撮らせた若い男だったからだ。

「おつかれさま、セイジ君」

由希が呼びかけ、純也は二人を交互に見た。

親し気に笑いかける由希に対して、純也は二人を交互に見た。浅く頷いた若い男は張り詰めた表情を崩さない。純也から奪った小瓶を守るように握りながら由希の隣に立った。

セイジと呼ばれた若い男は薄い唇を固く結び、純也を見つめている。何かを問いかけるような目だった。

瓶を寄越すようにと由希が手を差し出すと、セイジは握りしめた小瓶を迷うように見た。

「大丈夫、まさかほんとに毒物じゃないんだから。ただのブドウ糖……舐めてみる？」

「いや」

セイジの声には由希への親しみが感じられ、純也は二人のつきあいが長いことを悟った。

セイジが小瓶を渡すと、由希は純也ににっこりと笑った。

「わたしは、あなたの娘ではありません」

聞いた言葉が理解できず、純也は唇を何度か震わせた。

「わたしは、諦めきれない恋や忘れられない想いの後始末を手助けする仕事をしています。恋愛専門の便利屋といったところでしょうか。工藤美佐子《くどうみさこ》さんは、私の依頼人なんですよ」

「依頼……？　君は、美佐子の娘なんだろう？」

純也ははっとした。美佐子の名前を口にしたのは、あの夜以来初めてだった。

由希の目を、かすかな寂しさが横切った。

「美佐子さんには子供はいません。あなたとのお子さんも、そのあとも、生まれてはいないんです。結婚しなかったのは本当です。彼女はずっと一人でした」

純也は俯きかけた。

「でもまだ生きていらっしゃるので、未来はわかりませんけど」

「……生きてる？」

「はい。だからってご家族に何かするつもりは、美佐子さんにはないので安心してくださいね」

混乱が眩暈を引き起こした。それなら、今日一日のできごとは何だ？　いや、由希の電話から始まった一連の不安は一体どうなる？

「美佐子さんが自分の幸せよりも大切だと思ったのはあなただけ。弱いままのあなたを守って、二人で生きる道もある。でもあなたには強くなって欲しい。悪いことをなにひとつせずに生きていける世界ではないのだから」

由希の言葉を聞くセイジから、だんだんと表情が消えていったが、純也は彼のほうを見なかった。

「心中を企てた夜、あんなに自分語りをして嘆いて見せたんです。惨めで重たい女に見えるように、寒さが疲労を招くように。美佐子さんは、あなたの若さなら死を怖がるはずだと思っていた、と。死がきれいに見えるのは、暖かい布団の中でまどろんでいる時だけです。それでもしあなたが心中を決行しようとしたのなら、その時は美佐子さんのほうがあなたを裏切って逃げるつもりでした。そしてあなたは美佐子さんの願った通りの行動をした……」

嘘だ、と純也は呟《つぶや》いた。そんな真実が隠れていたなんて。

「ただひとつだけ、気になっていたことがあったと、美佐子さんは言いました。あなたは根が優しい人だから、今でもわたしを棄てたことを後悔しているんじゃないかって。美佐子さんの寿命が迫った途端、そのことがどうしても気になったそうです」

「……寿命？　でも、さっきは」

「一日でも人生が続くなら、それは未来ですから」

純也が言葉を失うのを確かめて、由希は続けた。

「もちろん惨めな女として忘れているか、どうでもいいと思っているのなら構わない。でももし、ずっと心に引っかかっているとしたら。……それを確かめるために、わたしを派遣して芝居を打たせたんです。わたしからの電話を無視できるならそれでいい、誘いに応じたなら本心を打ち明けてもらって、そこからの対応はわたしに任せる、……え？」

聞き取れなかったらしい由希のために、純也ははっきりと発声した。

「美佐子さんは、今どこに……？」

「それは言えません。絶対に会わないでしょうから」

「でも――」

「純也さん。終わった恋にはね、さよならしか言っちゃだめですよ」

由希は純也から視線を逸らし、セイジに微笑みかけた。セイジは由希の手に封筒を置き、
由希は封筒を純也の手に握らせた。

「交通費と迷惑料です。それじゃあ、セイジ君。帰ろう」

「……待って。君は誰なんだ。俺の娘じゃないなら……」

由希は他人の距離感に満ちた笑顔で純也を振り返り、セイジの腕を取って歩き出した。

それきりもう、振り返らない。

*

砂利道を下りながら、さっきまで由希と名乗っていた彼女は深く息を吸い込んだ。右手で

摑んだ男の腕が、かすかに強張《こわば》っている。彼に仕事を見せたのは初めてだった。戸惑いと驚きと、そして少しの楽しさが、緊張となって彼の身体を駆け巡っているのがわかる。

「上出来だったよ、誠司君」

彼の名前を、字面まで頭に浮かべながら呼んだ。

「……別に、たいしたことしてない」

「そんなことないよ。五稜郭で写真を頼んだ時、ほんとに他人みたいな顔してくれた。純也さんは疑わなかったでしょ」

「あんなの、意味あったの？」

「あった。第三者に秘密を知られたかもしれないって、純也さんは不安になったもの。心に負荷がかかると、人は本当の自分を曝け出すものよ。……そんなものを一年間も見ていられる？」

誠司は、考え込むと言うよりは、当たり前のことを言うのを面倒くさがっているかのように少し間を置いた。

「そうするって言ってるだろ」

「そうだね」

肩越しに振り返って、森の緑のあいだから覗く百年桜の花を眺めた。まだ木のそばにいるはずの純也の姿は、他の樹木の陰になって見えない。風に乗って舞う花びらが小鳥のようだ。

「見事だ」

「そうだねえ」

「百年も……」

恋は桜の花に似ている。春が来れば咲くが、最初に見た花はもう咲かない——

ブルー・アフター

もうすぐ音楽が死ぬ。

アヤがカップを洗うために流していた水道の蛇口を閉めると、うねるようなチェロの音色が柔らかいノイズと共に沸き上がった。

濡れていた手を拭きながら、アヤは微笑んだ。この臨場感。体温のある音色。ダウンロードした楽曲やCDにはない生命に近い音は、レコードでなければ再現できないと思う。

アヤが手を拭いている途中で音楽が止《や》んだ。手拭き用のタオルを放ったアヤはカウンターの内側から出て、レコードプレイヤーのもとへ急いだ。

この店では有線放送ではなくレコードで音楽を流している。決して広い店ではない。テーブル席は二人掛けと四人掛けを合わせて五つ、あとはカウンター席があるだけだ。メニューはコーヒーと紅茶、軽食、そして簡単なデザート。店の奥まった壁際には古いアップライトピアノが置かれ、アンティークな雰囲気を添えている。

もとは老夫婦が切り盛りをしていた店だが、高齢のために土日以外は来ず、平日はアヤが一人ですべての業務をこなさなければならない。新宿三丁目駅から十分ほどの、路地から一歩入ったビルの二階にあるせいか、それほど混雑することがないのでなんとか一人でもやっていける。

店内を横切ると、床を叩く靴音が軽快に響いた。窓へ目を遣れば、霧雨が輝きながら降り注いでいる。静かな雨は好きだ。お客さんが減るのはちょっと困るが、それでもこの静けさは好ましい。

針を上げてレコードをしまったところで、店のドアが開いた。

「いらっしゃいませ」

咄嗟に営業用の笑顔を作って振り返ったアヤは、客の姿を確認した途端、自分の表情がかすかに強張るのを感じた。

入って来たのは二人組の若者で、暗い色の服を着た男と、鮮やかな青いシャツを羽織ったもう一人。夜と昼が一緒にいるようで不思議だった。

二人は友人同士なのだろう。共有している空気が柔らかかった。

「お好きなお席へどうぞ」

アヤが言うと、背が高いほうの青年が会釈を返したが、テーブルを選んだのは青いシャツの若者だった。四人掛けの席のイスを引いて、先に座る。もう一人の青年は、二人用の席のほうをちらと見たが、結局何も言わずに向かいの席に座った。

二人がテーブルに備え付けてあるメニューを手に取るのを見届けて、アヤはカウンターに向かった。

男が尋ねるのが聞こえたのはその時だった。

「さっきのは、なんていう曲？」

アヤは自分が訊かれているのかと思って振り返ったが、青いシャツの若者が答えた。

「エルガー作曲、チェロ協奏曲。演奏者まではわかんない」

アヤは感心した。店の外まで聞こえていたのはともかく、作曲家と曲名までわかるなんて。演奏していたのはデュ・プレです、と教えようかと思ったが、さすがにでしゃばるのはよくない。アヤはカウンターに引っ込んで、おしぼりと水を準備した。

男は続けた。

「クラシック、好きだね」

「好きだよ」

「難しいのに」

「音楽なんだから、楽しいよ。難しいと思うから難しくなるだけ」

そうそう、とアヤはトレーにグラスを置きながら頷いた。その通り。難しいと思うから難しくなる。ただの音楽なんだから、好きか嫌いか、気持ちいいか合わないかで判断すればいい。

男がまた、言った。

「やたら名前が長いし」

「長い？」

「交響曲何番の第何楽章、とか。覚えられない。作曲家の名前も、なんか、モーとかベーとかで始まるし」

男の言葉に相方は高い声で笑った。その声が響き、慌てたように口元に拳をあてがう。しかし、くぐもった笑い声はしばらく続いた。

アヤもそっと笑った。男の言ったことが可笑しかったのもあるが、それより二人の間柄が微笑ましかった。男の声は低く、言っていることも棘《とげ》があるのかもしれない。それでも声には、向かい合っている者への親しみがたっぷりと塗りこめられていた。笑っている若者もそれを理解しているのがわかる。言葉のうしろにある二人の感情が微笑ましかった。

水とおしぼりを持って行くと、背が高い男がアヤに注文を伝えた。

「コーヒーのホット、ミルクティー、あと今日のケーキ二つ」

「かしこまりました」

アヤがメモを取っていると、青いシャツの若者が動いた。アヤはそちらを見なかったが、靴音からして壁際のアップライトピアノに向かったようだ。

「あの、これ」

顔を上げると、若者がアップライトピアノを指さしている。

「弾いてもいいですか」

「どうぞ。楽譜は横にあります」

オーナー夫妻が気まぐれに客に披露するためのピアノだが、今では客に自由に使わせている。ストリートピアノのカフェ版だ。

背が高い男は、アップライトピアノのほうに身体を向けた。

「弟さんですか?」

青いシャツの若者と男を見比べ、アヤはそう呼び掛けた。友達、と言わなかったのは、その他の複雑な間柄を考えてのことだ。

男はちょっと眉を上げ、苦笑に近い顔をした。

「まあ、そんなものです」

アヤは注文を揃《そろ》える作業を始めると、青いシャツの若者が声を投げた。

「何にしようかなあ。リクエストある？」

「『死ぬのがいいわ』」男が答えた。

「マジでかー」

困ったような口調とは裏腹に、若者の指先からはするすると音楽が生まれた。耳を傾けながら、アヤは自分の心が躍るのを感じた。他人の心を躍らせることができる音楽には命がある。こんな客が来るなんて、今日はいい日、とアヤは笑顔になった。

流行の歌を弾き終えると、気分が乗って来たのか若者は次の曲を弾き始めた。一転してクラシックの名曲、ベートーヴェンの『エリーゼのために』だ。さっき背が高い男がベーなんとか、と作曲家を揶揄《やゆ》したから、この曲を選んだのだろう。

コーヒーを抽出する作業に移りながら、アヤはこの曲にまつわる裏話を思い出した。『エリーゼのために』は、本当は『テレーゼ』という名前の女性に捧げられた曲だという。しかしベートーヴェンの字が汚くて、楽譜のタイトルを読んだ人がエリーゼと間違えてしまい、そのままになったという説だ。

クラシックだって面白い。古いだけで、人間が作ったものに変わりはない。人間なのだから、生きた時代がいつだったとしても、私達と変わりない。変わりないのなら、楽しいことも悲しみも、誰かを愛した気持ちだって共有できる。

ケーキを取り分けていると、久石譲の『人生のメリーゴーランド』が流れ始めた。鼻歌を歌わないように気を付けながら、アヤは準備ができた品々をテーブルに運んだ。

男はピアノを弾く相方を一心に見つめていたが、アヤが近づくと微笑みを被《かぶ》ってこちらを見た。その途端、彼の前にあった、深い感情の色が隠れてしまった。

構わない、とアヤは浅く頷いた。心のすべてを赤の他人に見せるわけがないし、あなたの特別は大事にしまっておくべきだ。

意図が伝わったかどうかはわからないが、男は「ありがとう」と短く言った。

「コーヒーはお熱いので気を付けて。紅茶は、砂時計の砂が落ちきるまで三分ほどお待ちください」

演奏の邪魔をしないよう、声の大きさに注意したつもりだったが、アヤがテーブルを離れると、ピアノのほうから呟きが聞こえた。

「あと一曲、弾けるね。何にしよう」

「なんでもいいよ、難しくなければ」

カウンターに戻ったアヤは後片付けをし始めた。

窓を見れば、霧雨がガラスを濡らしている。遣らずの雨という言葉を思い出した。人を足止めする雨という意味だ。アヤの記憶にある限り、二人がこの店を訪れるのは初めてだから、もしかしたらこの雨のおかげで店に入ることを決めたのかもしれない。だったら雨に感謝しなくちゃ。

演奏が始まるのと同時に、アヤは一切の動きを止めた。

優しいメロディだった。ゆっくりと盛り上がり、波打ちながら流れていく。音が音を追いかけて、一瞬の隙間もなく時間を埋める。

アヤは呼吸を忘れて聴き入った。心が揺さぶられて眩暈がする。どうしてこの曲が……。

「いいね。これはなんか、聴きやすい」

男の気楽な言い方に反発を覚えた。この曲のうしろにあるものを知っていたら決して出ない言葉だと思い、すぐに、知るわけがないのだった、と思い直す。なんとか違うところを探そうと音に集中していると、男がまた声を出した。

「砂時計が終わったよ」

音が途切れた。曲は最後まで、アヤが記憶しているままだった。

若者はテーブルに戻った。二人の会話に、アヤは耳を澄ましたが、聞こえてくるのはケーキや紅茶や天気の話ばかりで、さっきの曲に関する話題は断片も出て来ない。

我慢できなくなったアヤは訊いた。声が震えないように、精一杯の努力をした。

「……可愛い曲でしたね」

店員が口を挟むのも、時間が経ってから話題に出すのも不自然だった。それでもどうしても、黙っていられなかった。

若者は、探るような目をアヤに向けた。

「あの曲、聴いたことあるんですか?」

アヤは口を閉じた。否定しなければならない、と思うのに、言葉が出ない。

心臓の音が耳元で聞こえ、頭が熱く脈打っている……。

＊

翌日も霧雨が降っていた。

空気はじめじめと重く、少し動くと汗ばんでくる。

お昼の時間帯が終わり、誰もいなくなった店内を見渡して、アヤは溜息をこぼした。

昨日のことを思い出すと、暑さのせいではなく額に汗の玉が滲んでくる。あのときは動揺しすぎて「知りません」と答えるだけで精一杯だった。よほど不審な態度を取ってしまったのか、二人はその後たいした会話をせず、喫食を済ませるとそそくさと店を出てしまった。

会計を済ませる背が高い男のうしろで、青いシャツの若者がアヤをちらちらと見ていた。

食器を洗う手をふと、止めた。

雨は静かに降り続けている。雨粒が雑音を吸い寄せているかのように、道路を通る車の音さえ遠かった。

気を抜くと、あのメロディが蘇ってくる。

若者が弾いていたのはほんの三分弱、それも途中で切れてしまった。それでも音楽はアヤの中に深い爪痕を残した。二人が帰ってからも頭の中で鳴り止まないので、昨夜は何度も泣きながら目を覚ましたほどだ。

店の入り口の扉が開き、アヤは顔を上げた。一瞬、昨日の二人の姿を期待したが、重い靴音と共に店に入ってきたのは年配の男だった。

「やあ、嫌な雨だねえ」

がっしりした体格の男は太い声で言って服についた雫《しずく》を払った。

「こんにちは、木下《きのした》さん」

咄嗟に表情を作り、アヤは挨拶をした。浅い緊張が、アヤの内側から音楽を遠ざける。いつもは来店するたびに気まずくなる男だが、今日ばかりはほっとした。

木下はカウンターテーブルに着くと、提げていた紙袋をアヤの前に置いた。

「コーヒーのホットで。あと、これ」

紙袋には、駅直結のデパートにテナントとして入っている洋菓子店の名前が印刷されている。

「……いつもありがとうございます」

紙袋を受け取って冷蔵庫に入れ、アヤはコーヒーの準備に取り掛かった。

木下は、アヤが住んでいるマンションの大家だ。

マンションは店から歩いて十分ほどのところにあるのだが、他にも新宿区内にいくつかビルを持ち、自分は区役所の傍のマンションで暮らしている。入居の際に挨拶をしたとき、三十前後の息子と一緒に応対してくれたが、それからというもの、彼は週に何度か店を訪ねてくるようになった。それも必ず、オーナー夫妻がいない平日ばかりだ。

「それね、うちの息子が、アヤちゃんに持ってけって。喫茶店なのに悪いじゃないかって俺は言ったんだけど、味の参考にでもして」

木下はカウンターの上に腕を置いて話し始めた。アヤは普段より力をこめてコーヒーミルのハンドルを回した。

「ありがとう。そうします」アヤは適当に答えた。

挽いた豆に熱湯を注ぐ。コーヒーの香りがふわりと立ち上った。

「音楽かけないの？」今気づいたというように訊かれた。

客が途切れる前は、賑やかな店内の雰囲気に合わせてシュトラウスのワルツを流していたのだが、昨日のできごとについて考えるために止めたままだ。

「お客さんがいないから止めてたんです。何かかけますね」

コーヒーを出したアヤはレコードプレイヤーに駆け寄り、棚から適当に一枚を抜いた。タイトルを確認すると、シュトラウスのワルツだった。これなら無難だろう。針を落とすと、流れ出した華やかな音楽が空気を軽くしてくれるようだった。

アヤはカウンターの内側に戻り、木下はしばらく指先をテーブルで遊ばせていたが、やがて切り出した。

「あいつも来ればいいのにね」

対象をぼやかした言い方も、さりげなさを装った緊張も、すべてアヤにある一人の名前を言わせるためだ。

どう答えるのがもっとも逃げられるか。素早く考えたアヤだったが、結局、何も言わずに首を傾《かし》げた。

木下はアヤから微妙に目を逸らし、続ける。

「外に出たほうが絶対にいいのに、喫茶店にも来ない。でもアヤちゃんに会うためなら、少しは外出するんじゃないかと思うんだ。珍しいんだよ、あの子が他人、それも女の子を褒めるのは」

アヤは表情に困った。木下の一人息子は、自宅に引きこもってほとんど外出しないらしい。といっても仕事をしていないわけではなく、木下曰く〝パソコンでできる仕事で金を稼いでいる〟そうだ。アヤは最近も、木下に頼まれて店で売っているコーヒー豆を届けに行った時に会っている。出迎えてくれた息子は、ごく普通の、礼儀正しい青年だった。四角いフレームの眼鏡のせいか気難しげな印象を受けたが、挨拶も会話も自然だった。

好意を持たれたとは思っていなかった。だがあの日を境に、木下は喫茶店を訪れては息子の話をする。あるいは息子のほうには何もなく、木下が勝手にアヤと息子を結び付けたいだけなのかもしれない。

アヤが黙っていると、木下はさらに質問した。

「アヤちゃんは、付き合ってる人はいるの？」

アヤはわざと何も言わなかった。

「もしいなければ、うちの息子と付き合ってみない？　アヤちゃんだって一人じゃ寂しいんじゃない？」

アヤの内側が沸々と熱を持った。こっちへ来るなと言ってやりたい気持ちを、木下との関係性が抑えつける。

「ね。ほんとに。アヤちゃんさえ良ければ、うちの息子には俺から話すから」

アヤの口から勝手に言葉が飛び出した。

「ごめんなさい。わたし、好きな人がいるんです」

視線を逸らしたまま言ったので、木下がどんな顔をしたかはわからなかった。

＊

木下が帰っても、雨は降り続いていた。店はふたたび、客を待つ状態になった。

アヤはレコードプレイヤーに近づいた。

ワルツは幸福な貴族たちを踊らせるための曲だ。こういう音楽を、こんな気分のときに聴いていたくなかった。

針を上げて、盤をジャケットにしまう。しかし、静けさの中にいたくはなかった。アヤは棚のレコードを見渡して、今の気分にふさわしい音楽を選ぼうとした。どの子がいいだろう？

ショパンもバッハも坂本龍一も、なんとなく違う。考えているうちに疲れてしまい、何も流さずにいることにした。客が入ってきたら、リクエストを訊けばいい。

どんな音楽も届かない気持ちというものは、とても厄介だ。アヤはせめて身体を動かしていようと思った。

食器棚に収まっているカップや皿の並び順を変える。力が要る仕事ではないが、食器を割らないよう注意し、どんなふうに置くかを考えるので神経を遣う。そうして違うことに意識を向けていれば、心のほうも変化してくるだろう。

まずはカップをすべて、カウンターの上に並べた。店が満員になっても余る量がある。次は皿。模様が入っているものといないもの、色のグラデーションを見ていると、さっそく疲労を感じた。その分、心がわずかに軽くなった。よし、次は、これをひとつずつ拭いて、さっきとは違う順番で仕舞っていこう。どんな秩序にしようか――

拭き始めたところで、店の扉が開いた。タイミングの悪さに辟易しつつ、アヤは顔を上げた。

「いらっしゃいま……」

続くはずの言葉はアヤの喉で消えた。やってきたのが、昨日の男だったからだ。今日は黒の上下姿で、昨日よりさらに背が高く見える。思わず目でもう一人を探したが、男以外に誰もいなかった。

男はまっすぐにアヤに近づいてきた。

「こんにちは」

低いが柔らかい声には、独特の抑揚があった。

男はカウンター席に腰を下ろした。さっきまで木下が座っていた席だ。片付けは済んでいるし、座面の温《ぬく》もりは消えているだろうが、それでもアヤはなんとなく居心地の悪さを感じた。

もう一人の若者が来る気配はない。

「ホットのコーヒーを」

「はい」

応じたが、カウンターの内側には整列したカップ達が陣取っている。アヤはなるべく音を立てないようにしながらカップを棚に戻した。男のほうを窺うと、彼は腕時計の文字盤をじっと眺めていた。

「お急ぎですか？」

「いえ」

しかし、男は時計から目を離さない。奇妙ではあったが、アヤはそれ以上の質問はやめた。

サイフォンを使い始めてすぐ、男が口を開いた。

「おれ、昨日も来たんですが、覚えてますか」

「ええ。ピアノが上手な弟さんと一緒でしたね」

男は軽く笑いかけてきた。

「あいつが弾いた曲のことなんですけど。本当に知りませんか」

アヤの心臓が跳ねた。答えたい言葉と、引き留める気持ちの両方が喉で擦れ違い、息ができなくなる。

「可愛い曲でしたけど、どうしてそんなことを訊くんですか?」

「あれ、あいつの思い出の曲らしくて。でも、タイトルを覚えてないんだそうです。アプリに読み込ませても出て来ない。子供の頃からずっと探し続けてるって言うから、見つけてやりたい気持ちがあって」

「子供の頃から……?」

男は深く頷いた。

「親と一緒に聴いたらしいんですよね。そのあとあいつは親と離れ離れになってしまって。だから、余計に思い入れがあるんでしょう」

親と、とアヤは言いかけてやめた。今何かを言えば誤魔化しが利かなくなると思った。

「もし知っていたら、このあとあいつが来るから、教えてやってくれませんか」

アヤは、えっと小さく呟いて店の出入り口を見たが、扉は静かなままだ。

「三十分か一時間後くらい。俺が今日ここに来ることは話してません。ただあいつだけがいきなり来ても、あなたは知らないふりをするだけなんじゃないかと思って。だから、先にお願いに来たんです」

男は深く息を吐くと、真剣な眼差《まなざ》しでアヤを見つめた。

「お願いします。ほんの少しの情報でもいいんです」

アヤは頷くこともできなかった。躊躇っているうちに、コーヒーが出来上がってしまう。震えそうになる手でカップに注ぎ、男の前に置いた。

男は冷ますことなく半分を一息に飲み干した。

「熱いですね」

おどけたように言い、グラスの水を飲む。アヤは思わず微笑んでしまった。

男は唐突に言った。

「あなたにとって、恋をするってどういうことですか」

アヤが答えられずにいると、男はアヤの表情を窺って、誤魔化すように頭を振った。

「変な質問をしてごめんなさい」

「いえ……」

アヤはそのまま口を閉じたが、心の底のほうから、その問いかけに答えたいという気持ちがせり上がってきた。

「偉そうなことは言えませんけど、どうもこうもないと思いますよ。これが恋だと思ったら、どうするかは自分が決めるしかないことです」

「……決めるっていうのは、何を？」

アヤは自分の内側を探った。

「従うか、逃げるかです。従うほうが簡単で、……気持ちがいいです」

男は少しのあいだ黙ったが、アヤには長い時間に感じられた。

「ありがとう」

男はコーヒーの残りをすべて飲み干した。

「あいつが来たら話をしてやってください。お願いします」

男はそう言って、テーブルに一万円札を置いた。

「あの、ちょっと……」

「大きいのしかないんです。それにあいつが来る前に退散しなきゃいけないから、お釣りをもらってる時間もない。あと俺が来たことは内緒にしてください」

男は席を立つと店を出て行った。アヤは一万円札を摑んで追いかけたが、ドアから覗いた時にはもう、男の背中は階段のはるか下だった。追いかけるべきかもしれないが、店を留守にはできない。結局アヤは店に戻った。

　とりあえずコーヒー一杯分の金額をレジに打ち、釣りは出なかったことにする。とはいえもう一人の若者が来たら、事情を打ち明けて残りの金額を渡すつもりだった。さまざまな感情と感覚が、バラバラのパズルのように胸の中に散らばっている。男の質問、自分の答え、これから来る若者のこと。若者が弾いたピアノの音色が、アヤの頭の中でふたたび鳴り始めていた。

　いったい彼らは何なのだろう。どういうつもりでアヤの前に現れたのだろう。その答えだけは知らなければいけないような気がする。

　千円札九枚と数枚の硬貨に化けたお金をカウンターの内側において、アヤは男が座っていた席を片付けた。

　ほどなくして、店のドアが開いた。

　昨日の若者が現れた。今日は昨日とは打って変わって、落ち着いた色合いのグレーのサマーセーターとデニム姿だ。足元のローファーも黒。

　アヤは若者に呼びかけた。

「いらっしゃいませ。お好きなお席へどうぞ」

　さりげなくカウンター席を示したが、若者は昨日と同じ四人掛けのテーブルに向かった。

　アヤはいったん店の出入り口へ行き、ドアの外に掛けてあるプレートを『ＣＬＯＳＥ』の面が表になるようにひっくり返してから、若者のテーブルへ向かった。

「昨日もいらしてくださいましたよね」

水が入ったグラスを置いてアヤがそう言うと、若者は嬉しそうに笑った。

「はい」

「今日はお一人ですか」

「ええ……」

「ご注文が決まりましたらお呼びください」

「昨日と同じものを……」

アヤはカウンターに戻った。

湯を沸かし、ティーポットとカップに湯を注いで温めておく。その間、若者は黙っていた。

室内の静けさが、若者に向かって収斂《しゅうれん》していくようだ。ケーキを皿に載せていると、凝縮した沈黙が破裂する勢いで、若者は大きな声を出した。

「あの、話をしてもいいですか」

「……はい。もちろん」

顔を上げたアヤと目が合うと、半ば腰を浮かしていた若者は急いで着席した。

「昨日の曲のことなんです」

アヤは自分の顔に浮かんでいるであろう、冷えた表情を若者に見せないように、自分の手元を注視した。

「あの曲のこと、何か知りませんか。なんでもいいんです。タイトルでも、いつ頃の曲なのかだけでも」

アヤは黙って、ティーポットの中の湯を捨てた。

「おれにとって大事な曲で。でも今まで一度も、この曲を知ってる人に会ったことがなくて」

カップも空にして、量った茶葉をティーポットへ入れ、もういちどお湯を注ぐ。

「だから、もし知ってるなら教えて欲しいんです」

ティーセットとケーキを運びながら、さっきの男から預かった金はどうしようか考えた。

最初に考えた通りにお釣りを渡せば、男が前もってここに来たことを話す必要がある。二人の関係性がわからない以上、迂闊《うかつ》なことはしにくかった。

注文の品を運んだアヤを、若者は猫のような目で一途《いちず》に見つめていた。

選択肢を選び取って、アヤは若者に頼んだ。

「……もう一度、弾いてみてくれますか？」

「はい」若者は嬉し気に答えた。

アヤはピアノに向かった若者の隣に立った。

若者の指が鍵盤を押して、最初の一音が空気を震わせる。その波紋を追うように、次の音が生まれ、また次の音がそれに重なる。雨粒が光を繋ぐように優しく。音はいくつも重なり合い、旋律を作って空間を満たした。強い音は壁まで飛んで跳ね返り、弱い音はほのかに消えていく。生まれた音が空白を埋める。豊かな緩急。おなじメロディの繰り返し。波紋とうねりが三度、空気を掻き乱し、そして止んだ。

若者が鍵盤から手を下ろした直後、アヤの右手がキイを押した。

驚きを浮かべた若者の視線を指に絡めつつ、アヤは左手も乗せて続きの旋律を弾いた。若者がイスから離れた。アヤは入れ替わりに座り、両手を動かして続きの音を奏でた。若者が弾いた部分の繰り返しも、未知の音もあった。おおよそ三分、正確には二分と四十秒後、アヤは鍵盤から指を離した。

自分の中で波が引いて行くのを感じる。押し寄せていた白く温かいうねりが、ゆっくりと心の奥へ還《かえ》って行く。もうずっと外出を禁じていたアヤの内側の生き物。とっくに死んでいるか、弱り果てていると思っていたのに、こうして指を動かしただけで活《い》き活きと泳ぎ回った。

ずいぶんと長い間を置いて、アヤは立ち尽くしている若者を見上げた。

若者の目の光は星空のように広がって、表情全体を照らしている。

「……どうして、その曲を？」

舌を動かして、乾いた口の中を湿らせてからアヤは質問を返した。

「あなたはどこで、この曲を聴いたんですか？」

「子供の頃、どっかのホールみたいなとこで。母親と一緒に。いい曲だったからすっかり気に入って、帰り道で覚えていたところを繰り返し鼻歌で歌いました。だからその部分だけは記憶できたんですね。そのあといろいろあって母親とは別れ別れになったんですけど、ピアノを習える環境ではあったんです。でも才能はないから大学はふつうのところに行きましたけど、今でも音楽が大好きなんですよ。音楽ならなんでも。あの曲がなかったら、流行の歌以外に興味は持たない大人になっていたと思います」

感情が溢れるような口調に苛立《いらだ》ちを感じて、アヤは鍵盤に向き直った。手を置く気にはなれない。心はすっかり平常に戻っている。

「だから、知りたいんです」若者は言葉を重ねた。「その曲のこと。おれに音楽の素晴らしさを教えてくれた曲だから。大袈裟に聞こえるかもしれないけど、母親と離れることになってつらかったけど、その曲があったから頑張って来れた」

「――明日」

アヤは若者の言葉を遮った。

「明日、また来てくれますか。閉店時間のあとで。昨日、来た男の人と一緒に」

「……わかりました。連れて来ます」

「それから、あなた達のお名前を教えてください。わたしはアヤです」

若者は一拍置いて、答えた。

「おれはユキ、あいつはセイジです」

若者の顔を見ながらアヤは、さっきの彼が来たことはやっぱり秘密にしておいてあげよう、と決めた。おつりは——ちょっと後ろめたいけど口止め料と思うことにしよう。

*

次の日、雨は降っていなかった。

梅雨時にしては珍しく、日中には晴れ間が覗いた。そうなると途端に気温が上がり、店の窓から見下ろす通りでは、人々が次々にシャツの袖をまくり始めた。

雨が降らない日は、平日であっても客の入りがいい。アヤは忙しく働くことで、現在に集中した。

木下は今日は来なかった。よく訪れるとはいえ、いつも一日は空けるが、あるいはもう来ないかもしれないと思った。あんなにはっきりと断ったのだから……。もし一昨日、あの曲を耳にしていなかったら、昨日も曖昧なままにしていたかもしれない。木下がくれたお菓子は、悪いと思いながらもゴミ箱に捨てた。

忙しく働く合間に、アヤは時折、カウンターの引き出しを開けた。そこにおさめたものに触れ、存在を確かめた。そのままいつの間にか、一日でもっとも混み合う夕方の時間帯を過ぎて、店の中はふたたび静かになった。

夜が訪れると、もともと照明を抑え気味にしてある店内は薄暗くなる。窓ガラスは澄んだままだ。どうやら今日は一粒の雨も降らなかったらしい。客のリクエストに応じてかけたショパンのピアノ協奏曲第一番が、洞窟の中を吹く風のように流れている。

時計を見た。

カウンターの背後の壁に掛けた丸い時計の針が、午後九時まで残り三十分を指した。ラストオーダーの時間、客がいなければもう掃除を始めている頃合いだ。しかし今日は、カウンターの内側から動きたくなかった。

五分後、店の扉が開いた。

「……こんばんは」顔を覗かせた若者は、申し訳なさそうに眉を下げた。「あの、ちょっと早いんですけど」

「かまいませんよ」

若者のあとから、背の高い青年が入って来た。ユキとセイジ。セイジはアヤと目が合うと、浅い一礼をした。彼の来訪を黙っていたので、感謝されているらしい。アヤは彼に微笑みかけて、カウンターから出た。

「もうおしまいにします。お好きな席に掛けてください」

アヤはドアのプレートをひっくり返し、扉に鍵を掛けた。

「何にしますか。注文は、まだ受けられますよ」

アヤが振り返って告げると、店の中ほどを進んでいたセイジは腕時計を見る仕草をしたが、

ユキは嬉しそうに言った。

「じゃあ、ホットコーヒーと紅茶。ケーキはさすがに、この時間なので」

応じながら、アヤはユキが昨日、あんなやりとりのあとにも拘《かかわ》らず紅茶とケーキを平らげていったことを思い出した。食べ物を粗末にしない行動に、アヤはセイジが熱いコーヒーを一息に飲んだのを思い出し、微笑ましく感じたものだ。

「どうぞ」

コーヒーと紅茶を届けると、ユキはお礼を言って早速口をつけた。セイジは相変わらず、アヤの挙動を目で追っている。セイジの視線の糸を引っ張りながら、アヤはレコードプレイ

ヤーを止めた。

音楽が消えて、室内は静まり返った。

アヤはカウンターに戻り、引き出しの奥に隠しておいた茶封筒を取り出した。自宅から持って来て、今日一日、ここに隠しておいたものだ。

短く息を吐いたアヤは、カウンターのうしろから出た。

ユキとセイジ、二人ともがアヤを見ている。アヤは背筋を伸ばし、ステージに登場する演奏者さながらに、ピアノに近づいて行った。

アヤがピアノの前に座っても、二人は何も言わなかった。店内の薄暗さと静寂、そして自分自身の緊張が、遠いあの日と重なっていく。

茶封筒から中身を引っ張り出して、譜面台に置いた。

あ、と呟いたのはユキだろう。その澄んだ声音に、アヤは思わずそっと笑ってしまった。

譜面を見つめる。もう長いことしまったきりだったので、紙は黄ばんでいる。でも、黒い音符は鮮やかなままだ。音符のことをオタマジャクシと呼ぶが、なるほど今にも泳ぎ出しそうだ。

鍵盤に手を置き、心が合図を寄越すのを待って弾き始めた。最初の一音。波紋を追うように、次の音が生まれ、また次の音がそれに重なる。音は群れになる。空間を満たし、色づいて広がる。豊潤《ほうじゅん》な緩急。オタマジャクシはカエルにも蝶にも小鳥にもなる。世界のすべてを模倣するのが音楽だ。

旋律はユキが弾くのを止めた箇所にさしかかり、そこを越えた。アヤには、音の下にひそませた声が聞こえる。覚えていて、忘れないで、わたしを記憶して。できることなら永遠に。それが叶《かな》わないならせめて、あなたの命が在るあいだは。

訴え、囁き、願って、沈黙し、最後に祈りながら、音楽は閉じた。

鍵盤から指を離した時、アヤは自分の息が切れていることに気づいた。フルで一曲を弾いたのは何年ぶりだろう。オーナー夫妻には、ピアノの演奏はできないと嘘を言ってある。その前は、ピアノがある場所にいなかった。どれくらいかわからない。指は疲れ果てて、細かく震えていた。

「……フォーゲットミーナット・ブルー」昨日と同じように口の中はカラカラだったが、声はしっかりと出た。「この曲の名前です。勿忘草《わすれなぐさ》の、色のことです」

楽譜を見れば、手書きの音符が並ぶ五線譜のうえに、拙《つたな》い文字で「forget me not blue」と書いてある。

甘酸っぱい恥ずかしさがアヤの口角を持ち上げた。素直に勿忘草とせず、わざわざ英字のタイトルをつけた少女の心がこそばゆかった。

誰かが隣に来たので、アヤはそちらを見た。ユキが目を輝かせている。拍手をしているのを見るまで、アヤはその音に気づかなかった。

「すごい。感動しました」

「……ありがとう」

「もしかしてプロですか。そうじゃないとこんなに巧《うま》く弾けないでしょ？」

アヤは笑みを唇に滲ませたまま、もういちど指を鍵盤に戻し、二小節だけ他の曲を奏でた。サティの『ジムノペディ』。可愛らしい曲。しかしアヤが弾くと、聴けることには聴けるが、野暮ったくなってしまう。ユキは黙り込んだ。

「他の曲はこの程度です。わたしが、『フォーゲットミーナット・ブルー』だけは上手に弾けるのは」

アヤは息を吸い込み、言葉を押し出した。

「わたしが、この曲を作ったからです」

＊

黙り込んだユキを見上げてアヤは尋ねた。

「あなたはこの曲を探していたんですね？」

「そうです。この曲です。あなたが作曲家？」

「子供の頃に聴いたんですか？」

アヤは自分の声が冷たく引き締まっているのがわかった。

「はい。母と……」

「それは嘘」

「え？……」

「あなたが聴けるはずがないんです。子供の頃のあなたが」

何も言わなくなったユキを、アヤは見つめた。なぜか、ユキの表情は塗り潰されたように見えなかった。

「どうしてそんな嘘を？　嘘だとわからないはずないでしょう。このわたしが」

問いかけた時、靴音がして、アヤの背後にセイジが来るのがわかった。二人にぶつけるつもりで、アヤは喋り続けた。

「ユキさんが女性なのはわかっています。一人称とか服装とか、そういうことはどうでもいいですし、あなた達がただのお客さんなら何とも思いませんでした。でもこの曲をあんなふうにわざとらしく弾いて、わたしに『聴いたことがあるのか』尋ねた。その時点で、これはわたしに対して何かを仕掛けているのではないかと、直感しました」

ユキは観念したように苦笑した。

「バレるだろうな、とは思ってたんです」

おどけるような、しかし、謝ってもいる目が可笑しくて、アヤはあやうくつられて笑うところだった。鍵盤のほうを向いて、続ける。

「もしかしたらこういうことかな、と考えていることはあるんです。この曲はたった一度しか人前で演奏していない。録音も、わたしが知る限りはありません。もう二十年以上昔です。その一度きりの演奏会に来た人は、三十人もいなかったと思います。その中に子供は、男の子が二人だけでした」

うしろのセイジを一瞬だけ振り返った。彼はたじろぐように、かすかに身体を引いた。

「男の子たちはわたしの知り合いじゃなかったから、詳しい年齢は知りません。でもあの頃のわたしとそんなに違わないくらいだった。だから、男性のふりをしようとしているあなたがわたしの前でこの曲を弾いた時、考えられる可能性として、あの時会場にいた子供を装おうとしているんじゃないか、と思ったんです」

微笑を消したユキに、アヤは静かに尋ねた。

「……あなたは誰ですか？」

「わたしは、ユキといいます。文乃《あやの》さん」

何かの牽制《けんせい》のようにアヤの名前を正しく口にしたので、アヤは黙って聞くことにした。

「わたしは特殊な便利屋をしています。消えない愛や、くすぶっている恋に関する事柄を解決してあげる仕事。セイジ君は一緒に仕事をしている仲間です。今回の依頼は、この曲を探しているふりをすることでした。奇妙な依頼でしたよ。子供の頃に聴いたことにして、この曲を探しているふりをしながら彼女に近づいてくれ。そう言って録音した曲を聴かせてくれました。そのうえで彼は、あなたがこの曲を覚えているか、覚えているなら、この曲に纏《まつ》わる思い出があなたにどんな影響を与えているか探って欲しいと言うんです。そのためにはたった一度の演奏会に参加していた、今はどこにいるかわからない少年であることを匂わせる必要があるので、わたしに男の恰好《かっこう》で会って欲しいと。……これはちょっと苦しい、調査対象に嘘がばれてしまうかもしれないと思いました」

「ばれるかもしれないと思ったのに、引き受けたんですか？」

「はい」

「相手には言いましたか？」

「もちろん。彼は迷ったようでしたが、それでも構わないと」

「……なぜ？」

「彼の依頼には曖昧なところがあります。本当に知りたいことはもっと別にあるのに、わたしに打ち明けたくないと思っているような。はっきり言えば、自分の仕業だとあなたに気づかれることさえ、心のどこかで望んでいるように見えました。そういう矛盾した、けれど必死な想いに、わたしは弱いんです」

矛盾した想い。強くなればなるほど、感情は理屈を置き去りにするものだ。

「依頼人が誰なのか、あなたにはわかりますか？」

問われたアヤはある名前を口にした。音楽以上に長いこと離れていた名前だった。

「当たりです。彼は、もう僕の名前は覚えていないかもしれないと言っていましたけど。話してくれますか？　わたしも彼とあなたのことが知りたいんです」

アヤは楽譜を見上げた。

「彼のことを話すのは構いません。でも、聴いたあとであなた達にお願いがあります。お願いを聞いてくれるなら、話します」

「わたしに叶えられることですか？」

「ええ。とても簡単だから……」

ユキが頷くのを見届けて、アヤは話し始めた。

「二十二年前、わたしは中学生になったばかりでした。でももう中身は子供じゃありませんでした。子供でいられた時代なんて、わたしにはほとんどなかったんです。両親はわたしが六歳の頃から、わたしの裸を男たちに売っていたので」

言葉を切って、アヤはユキを見た。ユキはただ静かな目をアヤに向けていたが、ふとアヤのうしろへ目を遣ると尋ねた。

「セイジ君がここにいてもいいですか？」

「構いません。でも、セイジさんが外に出たければ、出てください」

少し待ったが、セイジが動く気配はなかった。

「続けます。……知らない男が初めてわたしを抱いたのは、十三歳の誕生日でした。でもそれが転機になりました。その男は両親に渡すお金以外に、わたしに直接お金をくれたんです」

もらった三万円を握りしめ、アヤは家を出た。家出少女を泊めてくれる男を見つけるのはたやすかったし、そのあとでお金を稼ぐのも簡単だった。警察に相談しようとはしなかった。アヤが取らされた客の中には、警察官もいたからだ。今思えば、本当に警察官だったかはわからない。嘘を言っていただけだったかもしれない。だがそのときのアヤは警察を信用できなかった。

ある夜のことだ。

街角に立っていたアヤに、声をかけた男性がいた。そのときたぶん、彼は三十歳になっていなかったと思う。お兄さんと呼べる年齢の彼がこちらを見たとき、アヤは、これで今夜の宿にありつけると思った。

だが、彼が口にしたのは、金額の交渉ではなかった。

ごはんと布団、それに大人の女の人もいるから、一緒においで。僕は何もしない。約束する。

彼はずいぶんと真剣な目をしていた。初めてその目を見たとき、得体が知れないものに遭遇したと思った。ぬめるような欲望がない。春の日差しや、夏の空とおなじ。陰りがないもの。

アヤは彼のあとについて行った。彼を信頼したわけではなかった。信頼できるかどうかより、初めて見る美しさに心惹《ひ》かれた。

案内されたのはどこかの民家。幼い少年が一人と、アヤよりも年上の少女が一人、そしてアヤを連れてきた彼の仲間の女性が二人いた。彼はアヤのような行くところがない子供を保護する活動をしている団体の一員だった。

警察が呼ばれたが、それはアヤが温かい食事をとり、久し振りの風呂に入り、そして清潔な布団の中で夜を過ごしたあとだった。どんな交渉が行われたのかは知らないが、アヤはそれからしばらくのあいだ、そのボランティア団体の家で過ごした。

その家にはピアノがあり、ピアノが弾けることを大人たちに話したとき、彼らは驚いていた。すごいねと言ってくれた。しかしアヤには、その反応はあまり嬉しいものではなかった。

アヤにピアノを習わせたのは両親だ。彼らにとってそれは、アヤの商品としての価値を上げるオプションのようなものだった。アヤにピアノを弾かせて興奮する男が何人もいたからだ。だからアヤの中では、ピアノを弾くことと男たちの欲望とが固く結びついていた。ただそれでもなおアヤは、音楽を好ましいものだと思っていた。その甘い魔法に心を浸しているあいだだけ、自分を取り巻く汚泥が清水に変わる気がした。男たちの欲望抜きでピアノを弾くことができたらいいのにと思っていた。

その家の大人たちは優しかった。どうやら家の主は、アヤに声をかけた彼であるらしかった。周りの会話から彼がもともとはいいおうちの子息で、相続したお金を恵まれない人たちの救済に使おうと決めていること、特にアヤのような境遇の少年少女を助ける活動をしていることを知った。

お金持ちの道楽。最初は、そんなことを思った。不幸な人間を助けることで優越感に浸っている。

アヤは彼の目を観察した。哀れみや自己満足がいつ現れるかと、そうなったらこっちも彼を嘲ってやるのだと構えていた。しかし彼の目は澄んだ色のまま、食事をするアヤに話しかけ、雑用を手伝うと申し出れば喜んだ。

彼がこちらを見てくれると、アヤの心には不思議な現象が起きた。ピアノを奏でているときの、あのふっと自由になる感じ。それとおなじ感覚が広がるのだ。

今なら、あの感覚の名前がわかる。あれは『幸福』だった。ただ、知らなかった。幸せがどんなものか、誰も教えてくれなかったから。

家に来てしばらく経ったとき、アヤは彼を誘惑した。ピアノを聴いて欲しいと言って部屋で二人きりになり、服を脱いだ。男が喜ぶ脱ぎ方は心得ていた。そうすれば、彼の眼差しを独占できると思ったからだ。彼に微笑んでもらうと気持ちがいい。でも家には他の子供たちもいる。彼は他の子にもおなじように微笑む。より長く自分を見てもらうようにするには、この方法がいいのだろう。彼も男なのだから。

彼はそのとき、アヤが望んだ通りに、剝《む》き出しにした細い肩を摑んだ。

そのうえで言ったのだ。

――……ごめんね。

驚きなどというものではなかった。何を言われているのかわからなかった。

彼はアヤの肩を撫《な》で、顔を伏せて続けた。

――君にそんなことをさせて、そんなことをさせられるような目に遭っているあいだに何もできなくて、本当にすまない。ごめん……。

言いながら、彼は泣いていた。

床に落ちて行く涙を見て、アヤは戸惑った。

何を謝られているのかわからなかったが、自分の行動が彼を悲しませてしまったことだけは理解できた。

気が付くと、アヤも泣いていた。嘘ではない涙なんて、流すのはいつ以来だろうと思った。

わたしはこの人が好きだと。

それからアヤは、曲を作った。

音楽が好きだという、いつも胸の奥にあった気持ち。その感覚が溢れ出てどうしようもなくなって、心の中に音符が生まれた。

できあがったのは、たった四分三十五秒のメロディ。

アヤが作った曲を聴いた彼が、懇意にしているボランティア団体のクリスマス会で披露してはどうかと言い出したとき、素直に受けた。

公民館の一室で行われた、小さく温かい会だった。パイプ椅子に座った聴衆の前で、アヤは自分の曲を披露した。緊張と興奮が全身を包み、集まった人々の拍手に涙が出た。完璧に幸せな時間だった。自分という存在が世界に肯定された気がした。

その日、アヤは改めて彼に告白をした。しかし彼は、丁寧に断った。わかっていたことだった。それこそ、アヤが望んでいたことでもあった。

＊

話を終えたアヤが息を吐いても、ユキとセイジは無言のままだった。溜息も、同情の言葉もないのがアヤにはありがたい。あのときの彼とは違うけれど。このくらいの距離を置いてくれるのは、下手《へた》な同情より尊重を感じる。

「この曲がわたしにどんな影響をもたらしているか、探って欲しいと言われたんですね？」

ユキは目の端で頷いた。

「それは、でも、……どうしてなぜあのひとは、わたしの様子を気にかけているんですか？」

「彼はあなたのことをずっと覚えていたんです」ユキは言葉を選ぶようにゆっくりと言った。「わたしははっきりと、あなたと彼女の間には深い繋がりがあったんじゃないですかと訊きました。すると彼は、あなたに愛を告白されたが断った、と言いました。性的な誘惑については伏せて話しておられましたが、そういうことはわかりますから。彼はあなたのしたことを、他人と繋がる方法を性的な手段でしか知らない子供の悲しい行動だったと思っているように見えました。彼が世話をしていた子供たちのその後を調べていたことを、あなたはご存知ですか？」

頭を振ろうとして、やめた。思い当たることはある。

「手紙をもらったことはありました」

十六歳になったアヤはあの家を出て、施設に入所した。両親のもとに帰ることはなかった。両親はアヤに逃げられたあと、他の家出少女を拾い、自宅に監禁してアヤとおなじことをさせようとしたからだ。少女は逃げ出して警察に駆け込み、両親は逮捕された。

アヤは高校卒業までを施設で過ごした。施設の近くには図書館があって、ＣＤがたくさんあった。アヤはここでも、音楽に助けられて過ごした。そしてその施設で過ごすあいだ、彼は年賀状や暑中見舞いをくれた。気にかけてくれていることだけで嬉しかった。会おうとは思わなかった。向こうも顔を合わせるのは気まずいと考えていたはずだ。

高校を卒業し、仕事を見つけて一人暮らしを始めた頃にも、現状報告の手紙をやりとりした。

いくつも仕事を変わり、住所も変わった。いつ頃からか、手紙は届かなくなった。アヤは生き続けて、今はここにいる。

「あなたはちゃんと返事を書いていましたね。読ませてもらいました。とても丁寧で、健全な返事でした」

アヤは視線を泳がせた。書いた内容はおぼろげながら記憶している。似たような内容を、言葉を変えて綴《つづ》った。元気でやっている、勉強ができて幸せだ、頑張って働いている。

「その返事を読んだ彼は不安を募らせていきました。彼ははっきりとは言いませんでしたが、承認欲求と愛情を取り違えて、あるいは、ただ寂しさから、あなたが彼にしたことと同じことをする子供はいたでしょう。でもそういう子は、彼が手紙を送っても返事をしないんだそうです。あなたは違いました。それでいて、あなたからの返事には、心がこもっていなかった。彼はあなたが拒絶されたショックを引きずっているのかもしれないと懸念を抱きました。だから、いつもはしないけれど、人を使ってあなたの様子を調べていたそうです」

ユキを見たアヤの目に何かを見出《みいだ》したのか、ユキは苦笑いを浮かべた。

「なかには暗い未来に落ちてしまう子もいたし、あなたのことが心配だったんですよ。あなたからの手紙には、恋人ができたという報告だけはなかったから」

アヤの胸に鈍い痛みが奔《はし》った。何度も書こうとしたが、その嘘だけは、どうしてもつけなかったのだ。

アヤは背筋を正した。これから、大切な質問をしなければならない。

「あの人は、わたしに、ほんの少しでも恋をしていたようでしたか？」

ユキは一瞬だけ押し黙り、はっきりと答えた。

「いいえ」

アヤは目を瞑《つむ》った。心のずっと奥のほうにいる少女のアヤが、頬を紅潮させてその言葉を受け止めたのがわかった。

これでいい。わたしは、今の一言で充分だ。

「わたしは、あのひとに告白をした日から先、一度も誰かに愛していると言ったことがありません。そして十五歳のあの夜、彼に拒絶されてからは、男の人の前で服を脱いだこともないんです。そうしたいと思わなかったから」

ユキはわかっていたように顎《あご》を沈めた。

「わたしの依頼人はこう考えているんだと思います。あのときあなたは初めて、本当の意味で人を愛したはずだ。拒まれたことが、トラウマになったのではないか。今でも独りなのはそのせいかもしれない」

「……あの人は、罪悪感のようなものを？」

「それはなんとも言えません。憶測で言うことじゃないですし」

「彼には今、大切な誰かがいますか？」

「ご結婚なさっていて、お子さんがいますよ。お幸せそうに見えました」

アヤは両手を握った。祈るような気持ちだった。

「彼が罪に思うことなんて何もありません。わたしはもちろん、彼のことが好きでした。この曲に込めた想いは本物で、今でも好きではあります。でも本当に恋をしたのは、あの人がわたしを思って用意してくれたステージで自分が作った曲を弾き、優しい聴衆から拍手をもらった、あの一瞬の幸せに——だったんです」

アヤはユキを見つつ、うしろのセイジの気配を探った。セイジは身動きせずに聞き入っているようだ。

言葉を選びながらアヤは続けた。

「拍手を受けながら、もう二度とこんなに満たされている瞬間は来ないだろうと思いました。コンサートのあと、わたしはもういちど彼に告白をするつもりでしたが、断られることもわかっていました。それで良かったんです。未成年の気持ちに乗じるような男なら、わたしはいずれ彼のことが気持ち悪くなっていたでしょう。でもあのとき、コンサートのあいだだけは、まだ完全に失ってもいなかった。幸せな束の間。わたしは『時間』に恋をしたんです。歪んでいるんでしょうけど。この幸せがわたしを生かしてくれました」

ユキはアヤの言葉を噛みしめるようにしばらく黙り、それから言った。

「……たったひとつの恋のために、今日まで誰とも？」

「そうです。間違いでしょうか？」

「……わたしは、人の想いを否定しません。話してくださってありがとう。ただ、驚いてはいます。この仕事を始めて長いですけど、人の想いといったら、ほんとうにたくさんすぎて」

彼女はまっすぐにアヤを見た。言葉の通り、楽し気に笑っていた。

「あの人はわたしの演奏を録音するなんて言ってなかった。録音していたことも、わたしには教えてくれませんでした。手紙にも、いちども書いてなかった」

「最初は、あなたにあげるつもりだったそうですよ。でもあなたからの告白を拒絶してしまって、こっそり録音していたことは言えなくなってしまったと」

そうですか、とアヤは短く呟いた。録音を消さずにいた理由が、この曲を好きでいてくれているからだったら。アヤの件とは別に。そうであったら、それでいい。

ユキがこころもち、身を乗り出した。

「それで、お願いというのは？」

「もういちど弾くから、スマホで録音して欲しいんです」

えっと小さく叫ぶセイジの声が聞こえ、アヤは可笑しくなった。ユキの表情は変化しなかった。

「それをあの人に届けて欲しいんです。何を言ってもあの人の心にはしこりが残るかもしれない。かといって、嘘をつくのは嫌です。あなたも偽物の報告なんてしたくはないでしょう？　音楽の、言葉では伝えられないところを伝える力に賭けてみたいんです」

「わかりました」

ユキは自分のスマホを取り出した。

楽譜を眺めるアヤの横で、録音を開始する機械音が鳴った。アヤは指の準備運動をしてから、鍵盤に両手を置いた。

心が澄み渡っていく。わたしを忘れないで。そう呼び掛けた相手はあの人だけではなく、あの人を想っていられる幸せな時間に対してだった。それでは、今は？　この四分三十五秒で、わたしが伝えるのは？

見つけたアヤは最初の一音を弾いた。
心が歌う。

ページボーイと王冠

王様はどんな死に方をするのだろう。

護堂眞《ごどうまこと》に仕えるようになって一年になるが、この男を見るたび郁人《いくと》の脳には疑問が過る。

歴史を繙《ひもと》けば、残酷な独裁者は最後には民衆に倒されるが、それは目立ち過ぎた愚か者の話。自分の立場を守りながら、絶対に反抗してこない相手をいたぶる強者は、結局最後まで王様でいられるものだろうか。

「今日のテストの流れ、復習《さら》っておこうか」

護堂に声を掛けられ、郁人は「はい」と答えた。

二人が足を進めているのは、個室が並ぶレストランの廊下。部屋の出入り口には緋色《ひいろ》のカーテンがつけられているが、今はすべてのカーテンが開かれており、客はいない。

護堂が窺うように郁人を見たので、郁人は自分の表情に気を付けた。無反応ではいけないが、かといって大袈裟に嫌がってもだめだ。

「まず一問目。僕が合図をしたら君は何て言う？」

郁人が打ち合わせ通りの台詞《せりふ》を口にすると、護堂は満足げに頷いた。

「よし。彼女にはぜひ合格してもらいたいね。次は？」

これにも、郁人はすぐに答えたが、早すぎたかもしれない。

護堂は整えた眉尻を上げて郁人に厳しい目を向けた。

「もっと自然に。じゃないと不審に思われる」

「申し訳ありません」

郁人は腰を直角に折って一礼した。

護堂は、喉で笑った。

「うん、いいよ。許すよ。そんなに怖がるなよ。君と付き合って、もう一年になるだろ」

護堂は犬を撫でるような手つきで郁人の頭を掻き乱した。

頭を上げた郁人は、護堂が通り過ぎようとしていた個室のカーテンで郁人の髪を撫でた手を拭くのを、複雑な気持ちで見守った。

「二問目に正解するかどうかはわからないけど、三問目に進んだ場合は？」

口調に気を付けながら、郁人はこれにも答えた。今度はミスした箇所はないはずだった。

それなのに護堂は突然足を止めて郁人を斜に見た。郁人は踵《かかと》を擦《こす》りつつ立ち止まり、護堂の反応を待った。

呼吸を我慢した郁人を、護堂は長いあいだ見つめた。護堂の目は眦が切ったように鋭く、ただ視線をくれているだけなのに睨《にら》まれているように見える。

息苦しくなった頃、護堂は唇の片側だけでふっと笑うと、顔を前に向けて歩き出した。

「このテスト、君は楽しんでる？」

踏み出そうとしていた郁人はどきりとした。

護堂が『テスト』と呼ぶ儀式に参加するのは、もう何度目になるだろう。けれどいまだに慣れない。楽しんでいるかと訊かれても困る。

郁人の脳裏に、自分が護堂から与えられているものが浮かんだ。赤坂のマンション、二十代の平均の倍の給料。護堂と出会う前には考えられなかった暮らしだ。そしてそれらは、護堂の機嫌を損ねたら最後、すべて取り上げられてしまうかもしれないものなのだ。

振り返った護堂の目が郁人を観察し、すぐに、目尻に笑い皺が寄った。郁人の反応に満足したのだ。郁人は安堵したが、顔には出さないように気を付けた。

「君はいい子だから、楽しむなんてできないか」

郁人は無言を貫いた。護堂の神経を逆撫でする言葉を決して吐いてはいけない。同時に、身構えた。これまでの経験上、護堂は続けて、郁人の心を抉《えぐ》るようなことを言うはずだ。

「先月テストした女、覚えてるか？」

護堂は前を向き、歩き出した。

瞬時に深く考えて、郁人は「はい」と答えた。名前か特徴を言った方が信憑性《しんぴょうせい》があると思い、とりあえず髪が長くて赤いドレスを着ていた、と言う。

「彼女、自殺未遂したんだって」

「え――」

「僕への嫌がらせのつもりだろうけど。そんなことしたって自分が惨《みじ》めなだけなのにね」

「……それは」

「大丈夫、こっちには何もないよ。弁護士がうまくやってくれた。借金のある、寂しい女だから簡単だよ」

郁人は言葉を失ったが、護堂の靴音に促されてなんとか歩き出した。

郁人は、今の話に出た女性のことを思い起こした。護堂が連れて来る女だからきれいだったが、人生に疲れた目をしていた。

護堂は続けた。

「ところで、今日の話だ。こんどの娘《こ》はちょっと毛色が違う。『ゆり』に面接に来たんだけど、全然、水商売に向いてないタイプで。面白いから、テストに使うことにしたんだ」

『ゆり』は護堂が経営する高級クラブのひとつだ。護堂は時折、コンパニオンの最終面接を自分で行うが、それはもちろん『テスト』で遊ぶおもちゃを探すためだった。

郁人はさっきの話のあとなので落ち着かない気持ちになった。

「名前はユキ。夕日の夕に、季節の季と書いて、夕季」

郁人は心の中で、今日が無事に終わりますようにと祈った。

＊

テストに使う部屋は店の奥まった区画にあり、邪魔が入らないよう他の客の予約は入れない。そこだけカーテンが下ろされている部屋の前で、護堂は立ち止まり、郁人を振り返った。

郁人は神妙に目を伏せた。護堂より先に、中にいる女を見てはいけないのだ。

護堂がカーテンを開ける。

「夕季ちゃん。お待たせ」

人懐っこい声を聞いて、郁人はやっと部屋の中を見た。

中央に設《しつら》えた円卓の席に、若い女が一人で着いている。髪は短く、白いノースリーブのワンピースを着て、すんなりとした首に控えめな真珠のネックレスを着けている。微笑む目元は淡いブラウン、薄く開いた唇は桜色。肌は柔らかな白さだった。

無垢《むく》な女。郁人の頭に、そんな言葉が浮かんだ。女からは一片も、人工的な美の匂いがしない。美容整形もインストラクターによるダイエットとも無縁な、都会の片隅にいくらでもいる娘に見えた。

女は遠慮がちに、だが、嬉しそうに微笑んだ。

「眞さん。こんにちは」

女の声は、護堂を名前で呼べることを誇りに思っているような抑揚があった。

護堂は郁人の肩に腕を回し、一緒に室内へと引き入れた。

「夕季ちゃんは可愛いだろ。な?」

廊下とは打って変わって親し気な言い方だ。郁人は護堂の芝居に合わせるため、ぎこちなく笑うことにした。親子ほども歳が違う自分に護堂が気安くしたら、見る者がどんな想像をするか。もちろん護堂は計算して振舞っているのだ。

夕季の目に好奇心が過る。護堂はそんな夕季をちらりと見て、郁人の肩を叩きながら席に着かせた。

「夕季ちゃん、こいつは郁人。僕の運転手兼秘書」

夕季の向かいに腰をおろした護堂は、郁人をそう紹介した。

郁人は安堵した。今日は本当のプロフィールを紹介してくれた。もっとも、秘書を名乗れるほど高度な仕事はしていないが。時には郁人を護堂のもとに修業をしに来た有名企業の跡取りだとか、護堂の隠し子であるとか嘘を言うのだ。

夕季はちょこんと頭を下げた。

「はじめまして」

「……こちらこそ」

事前に打ち合わせしてあった通り、郁人と護堂は夕季の正面には座っていない。こうすると夕季は会話をする時にどちらかのほうだけを見ることになり、男たちのうちで視線が向いていないほうは、彼女の表情をつぶさに観察できる。

夕季は二人を交互に見て、遠慮がちに微笑み、それから目を伏せた。

護堂が呼出ボタンでウェイターを呼んだ。現れたウェイターに、護堂は三人分のランチコースと飲み物を頼んだ。

ウェイターが立ち去ると、待っていたように夕季が尋ねた。

「あの、眞さん。今日、他の人が一緒とは聞いてなかったですけど……」

郁人に緊張が走った。ここで郁人の存在について尋ねる女は、実は少数派である。これまで『テスト』の場に現れた女たちは、護堂の性格についてはある程度わかっていたので、彼が第三者を連れて来たのなら紹介されるまで待つのが礼儀だと心得ていた。自分から尋ねる女もいたにはいたが、過去にそういうことをした女達は、『テスト』開始前に帰されてしまった。

今回もそうなるのではないか――。心配した郁人をよそに、護堂はすんなりと受けた。

「今日は特別な日なんだ」

「特別？」

「そう。大事な日」言葉の意味を考えさせようとしたのか、護堂は少しの間を置いた。「君の気持ちは、このあいだ聞いた。今日はどうして僕のことを好きなのかを話して欲しいんだ。でも僕は照れ屋だから、二人きりだと恥ずかしくて。だめかな？」

いかにも芝居じみた言い方だった。夕季の目が、護堂と郁人を往復した。

「いえ、ただ――」

「じゃあ話して」

護堂が声に威圧感を加えると、夕季は従うことを決めたらしい。郁人を見て困惑気味に微笑んだ。郁人はできるだけ感情を抜いた、礼儀だけの笑みを返した。

心の中で、郁人は溜息をついていた。意地悪な質問だが、これはまだ『テスト』ではない。食事で言えばオードブル以前の、カクテルタイム程度の余興だ。

夕季は居住まいを正した。

「わたしが眞さんを好きな理由は、お金を持っているからです」

郁人は思わず護堂を見た。護堂は微笑んでいる。

夕季は考えながら続けた。

「どんな生き物でも、オスは強い個体が素晴らしいとされていますよね。人間の場合、それはお金を稼げるっていうことだと思うんです。だから眞さんが好きです」

「僕より金を持ってる人間はいるけど」

「誰かの遺産とか、一時だけの偶然で儲《もう》けたとか、そういうのは本当の強さじゃないですから。あと――」

「あと？」護堂は食い気味に言った。

「眞さんは顔も素敵なので」

護堂は弾《はじ》けるように笑った。

「僕は夕季ちゃんの素直なところが好きだな」

微笑んだ夕季の口元が、「良かった」と音にせずに動いたのを郁人は見た。

飲み物が運ばれて来た。護堂と郁人はペリエ、夕季にはオレンジジュース。アルコールがないのはいつものことだ。

スタッフが立ち去ると、護堂はジャケットの懐に手を滑り込ませた。藍《あい》色の小さな箱を取り出して、夕季の前に置く。

指輪のケースだ、と気づいたらしい夕季の表情が、微妙に変わった。

「君と結婚したい」

いきなり、護堂が言った。

夕季は言葉に詰まり、視線を泳がせ、戸惑いを乗せた声で尋ねた。

「でも、わたし達は付き合ってもいません。わたしがあなたを好きだと言っただけで——」

またそれか、と郁人は心の中で頷いた。護堂の遊びだ。気になった女性に声をかけ、軽いランチデートをしたあとに、自分のことをどう思うか尋ねる。女性から好意を打ち明けられても、護堂の気持ちは、また改めて話すと告げられる。そして『テスト』の場に連れて来られるのだ。

護堂は何食わぬ顔で応じた。

「うん。僕は怖がりだから、簡単に特別な関係にはならない。婚約してから相手を知っていってもいいじゃないか。ダメなら、断ってくれていいんだ。婚約破棄となれば、君から断った場合でもそれなりの手当は出すよ」

手当、の部分に夕季が目を輝かせるかどうか、護堂はあきらかに見守っていた。しかし夕季は、でも、と口の中で呟いただけだった。

「……どうしてわたしに？　わたしは、お店の面接にだって落ちたのに」

「君を落としたのはああいう仕事が合わないと思ったからで、女性として魅力がないからじゃない。むしろ逆で、君には他の男に笑いかける仕事をして欲しくないと思ったからだ」

夕季は俯いたが、かすかな嬉しさが表情に滲みでている。彼女が何かを言おうと口を開けた瞬間に、護堂は言った。

「ただ、その前にテストをさせてもらう」

来たな、と郁人は奥歯を噛みしめた。ここからは、自分の心に厳重な鍵を掛けておかなければならない。

「……テスト？」

夕季の声には、さっきまでとはまた違う困惑が生まれていた。

「うん。僕は臆病だから。もし合格したら、僕は尽くす婚約者になるよ。君さえ良ければすぐに結婚したっていいんだ」

尋ねるように夕季がこちらを見たので、郁人は苦笑を返し視線を逸らした。護堂が説得を続ける。

「君がさっき僕の強さの証《あかし》だと言ったお金だって好きに使っていいし、女友達と旅行に行くのだって構わない。子供が生まれたら、質のいい教育を受けさせられる。浮気だけは、ちょっと困るけど」護堂は一瞬だけ笑い、次に真剣な顔つきになった。「どうする？」

夕季は考え込んだ。ように見えた。しかしとっくに、答えは決めてあったはずだ。郁人も護堂も、彼女が返事をするまで何も言わなかった。

「……わかりました。テストを受けます」

「それは僕のプロポーズを受けるっていう意味だけど」

「――そうです」

「ありがとう。ここからは、郁人が説明する」

郁人に向けられた夕季の目は、プロポーズというのならもっと情緒的な余韻が欲しかったと残念がっていた。

郁人が説明を始める前にカートを押す音が聞こえ始め、ほどなく、カーテンの向こうからスタッフが入室の許可を求めた。

「続きはあとにしよう」

並べられた前菜は宝石のように美しく、味も見事だったが、郁人には食事を楽しむ余裕はない。夕季にしても同じなのか、彼女は硬い表情でカトラリーを動かしていた。護堂だけが、室内に流れる張り詰めた空気を楽しんでいる。さすがに笑顔を浮かべたりはしていないが、上機嫌は隠せていない。

自分の皿を空にすると、護堂はさっそく切り出した。

「始めようか」

まだ半分残っている野菜のジュレ寄せからフォークを離して、夕季は護堂を見た。夕季の視線を受け止めた護堂が、誘導するように郁人へと目を流す。夕季がこちらへ顔を向けるのを待って、郁人は暗記している台詞を口にした。

「これから三つの問題を出します。すべて合格したら、護堂さんはあなたと婚約します」

夕季は耳ざとく反応した。

「合格？　正解じゃなくて？」

「そこに気づいてくれて嬉しいな」護堂が引き取った。「君が出した答えが正解かどうかは僕が判定する。だから合格という言い方をしているんだ」

郁人は夕季を見守った。

人を試す、言葉通りのテスト。問題の内容を知らされていなくても、この時点で失礼な行いであることはわかる。女性の半分は狼狽して黙るか、あるいは怒りを剝き出しにして立ち去る。しかし夕季は、淡い表情を浮かべてぽつりと言った。

「……眞さんらしいですね」

護堂はかすかに驚いたようだった。表情は変わらなかったが、目の奥がかすかに光った。その目で郁人を見たので、郁人の心臓が不意に跳ねた。出題を促されているのだと、一瞬遅れて理解し、慌てた。

「では、第一問です。夕季さん、準備はよろしいですか」

「はい」

郁人は、感情を押し殺して言った。

「服を脱いでください」

*

凍り付いたような沈黙が室内を包んだ。郁人は繰り返した。

「俺と護堂さんの前で、裸になって見せてください」

郁人に定められていた夕季の視線が、ゆっくりと護堂に移動した。彼女の目の光が変わっていく。最初は驚き、次に疑惑。そして少しずつ、怒りの色へ。

ここからが分かれ道だ。

立ち上がって、飲み物を護堂に引っ掛けるか。あるいは言われた通りにするか。冗談だったことにしようと試みる者もいる。そのどれを選んでも不合格になる。

夕季はゆっくりと瞼《まぶた》を下ろした。

「嫌です」

言い終わるのと同時に目を開いた夕季は、強い表情を浮かべていた。護堂はふうんと鼻を鳴らし、

「やっぱり裸になるのは恥ずかしい？　ここじゃなければやったかな。たとえばどこかのホテルの部屋を取るとか。移動するかい？」

のんびりとした口調は、いつもと変わらないのか、それともふざけているのか区別がつきにくい。

「いいえ」夕季は首を横に振った。「わたしが『嫌です』と答えたのは、それが合格する答えだと思ったからです。裸になるのは、そりゃ嫌ですよ。でもなんていうか、もし合格だと言ってもらえると判断したら、服を脱ぎました」

「どういう意味？　僕はまだ、合格とは言ってないよ」護堂は焦《じ》らすようにグラスから飲んだ。「不合格とも言ってないけどさ」

「眞さん、さっきヒントをくれたじゃないですか」

グラスを置こうとしていた護堂の手が止まった。

「――なんだって？」

「このテストは、わたしが眞さんの花嫁にふさわしいか判定するためのものだと言いましたよね」夕季の言い方は、自分の言葉をひとつひとつ確かめているようだった。

「言ったね」

「それって、あなたの心を汲み取れるかどうかのテストだと思ったんです。眞さんが〝こうして欲しい〟と思うことを、わたしができるか試してる。違いますか？」

「……どうかな」護堂は鼻の横を掻いた。彼がそんなふうに内面を表すような仕草をするのは珍しかった。「続けて」

「だから、さっき眞さんが言ったことがヒントになると思いました。あなたはわたしに、婚約したらいくらでも好きなことをさせると言いましたよね。でもその中でひとつだけ、だめだと警告したことがありました」

「……浮気だけは」護堂は溜息のように笑った。

「ええ。他の男がいる場所で服を脱ぐのは、浮気とは言わないけど、浮気をする可能性の端っこくらいにはなるんじゃないかなって。だから、断るのが正解だと思ったんです」

郁人の心臓はいよいよ大きく揺れた。護堂は毎回、同じ質問をするが、どう反応すれば合格なのかを郁人に教えてくれたことはない。不合格の行動例ばかりが増えて、合格にしたとしても、それは護堂の気まぐれによるものなのではないかとさえ思われた。こんな答え方をした女は、初めてだ。

夕季を見つめる護堂の頰に、ゆっくりと笑みが広がっていった。

「合格。うん、合格だ」郁人を見た。「初めてだね？　パーフェクトな回答は」

郁人は目を瞬きながらなんとか頷いた。パーフェクト？　これが護堂の望んでいた正答だったと、郁人も今知ったところだ。

「良かった。じゃあ、二問目は？」

「それはまだ。次の料理がきてからにしよう」

嬉しそうに食事を再開した夕季は、気が緩んだのか質問を投げかけて来た。

「パーフェクトを出したのはわたしが初めてなら、一問目でみんな不合格だったんですか？」

護堂ははぐらかしたが、郁人は答えを知っている。夕季ほど護堂の望んだ答えにはならなかったものの、服を脱ぐのを断った女性は全員、二問目に進ませた。それは護堂にとって、単にここで終わるとつまらないからという理由でしかなく、その時点で次の問題の解答がどうであっても不合格にすることは決めてあった様子だった。

夕季が前菜を食べ終えて間もなく、次の料理が運ばれて来た。グリーンピースとアーモンドのスープ、焼き立てのパン。護堂はそれらを食べる時間を、夕季と郁人に与えた。

「二問目、いいかな」

郁人は口元をナプキンで拭い、言った。

「では、第二問です。今から新しい服に着替えて、護堂さんと俺の前に戻って来てください。ただ、今着ている服よりも美しい装い、あなたがそう思う装いをしてください」

郁人が言い終えると、夕季は狼狽して護堂を見つめた。最初の問題と比べて、ずいぶんシンプルだと思ったのだろう。

「……それだけ、ですか？」

夕季が不思議そうに言うのを待って、郁人は続きを口にした。

「着替えたら、次にこの部屋に来るウェイターを驚かせてください」

驚きの表情を浮かべた夕季に護堂が引き継いだ。

「具体的には、ウェイターを三秒間、黙らせるんだ。この店のスタッフはみんな、料理を運んできたときに必ず『失礼いたします』と声を掛けてからカーテンを開けるように教育されている。その挨拶も言えないくらいに。無関係の人間が、職業意識も忘れて思わず見とれるファッション。面白いゲームだろ？」

夕季の顔に困惑の色が広がっていった。助けを求めるように護堂に目を遣るが、もちろん護堂は助け舟など出さない。

　護堂は自分の財布を取り出し、中からクレジットカードを引き抜いて夕季の皿の前に置いた。暗証番号を教える。

「次にウェイターが来るのは三十分後くらいかな。スープを出したあとは、きっかり四十分後に次の皿を持ってくることになってる。それまでに戻って来ること。このあたりにはブティックがたくさんあるけど、時間に注意して」

　夕季はカードを手にして席を立った。

「……やってみます」

　夕季がいなくなると、護堂はイスの背もたれに寄りかかった。

「どんな服を着てくるかな。楽しみなんだよね、この二問目の答えを持ってくるのが。個性が出るからね」

　郁人は相槌《あいづち》を打った。

　護堂の口元は吊り上がり、頬の筋肉を押し上げている。楽しそうな顔だ。郁人はこの『テスト』に最初に参加した夜、護堂に投げかけた質問を思い出した。なぜ服を脱がしたり、着せたりするんです？

　彼は答えた。

「――世の中は戦場で、服は鎧《よろい》だからね。最初に鎧を脱ぐように言われて、次は新しい鎧を着て来るように言われる。そんな命令ができるのは王様だけだろ。これは僕の王様ゲームなんだ。

そのときと似た、けれど微妙に陰のある笑みを滲ませて、護堂は穏やかに喋った。

「……このあいだの子は面白かった」

郁人は胸のあたりが重くなった。誰のことを言っているのか、護堂の薄暗い微笑みを見て気づいてしまった。自殺未遂をした女性――

「一問目で絶対に嫌って騒ぐから、合格にして二問目に進ませてあげたよね。そのあとでどんな答えを出したか……」

喉で笑う護堂から、郁人は視線を逸らした。

「いきなり脱いでさ、下着を替えてきましたって。あれは大胆だった」

「面白かったなら、合格にしてあげても良かったんじゃないですか？」頑張って冗談に聞こえる口調を作った。

護堂は眉を寄せたが、郁人の無礼を許すことにしたようだった。

「あの下着は僕の好みじゃなかったよ」

郁人はなんとか笑ったが、身体から体温が引いていった。

理不尽な不合格は彼女だけではない。見て来たなかには、一問目で堂々と服を脱いだ女性もいた。裸こそ自分の真価であると誇るような女性だった。護堂は郁人に部屋から出て行ってくれと頼み、郁人は従った。廊下にいると、護堂が彼女を褒めちぎる声がカーテン越しに聞こえてきた。さまざまなポーズを取らせてから、結局、護堂は不合格を言い渡した。

それだけでも充分にひどい仕打ちだ。しかも護堂はその後、こっそり撮影しておいた映像のコピーを、女性本人に送りつけた。《この映像は記念にとっておきます。》と書いた手紙を添えて。受け取った女性の気持ちを想像すると申し訳なくなる。

護堂のやりようを見ていれば、いつかやり返されるのではないか、と思う。しかし、今日までナイフを持って押し掛けて来た者はいない。もちろん金を握らせているというのもあるが、護堂のために犯罪者になろうという女性が今のところいないだけだ。

カートの音が、廊下の離れたところから聞こえてきた。

護堂は腕時計を見た。

「……五分早いな」

郁人は耳を澄ましたが、夕季が近づいて来る音は聞こえない。

「遅刻で不合格っていうのは、つまらないな」

護堂が不快感をあらわに言った。

だがカートを押す音は途中で途切れた。郁人と護堂は、示し合わせたようにカーテンのほうを見た。

「……お客様」料理を運んで来たスタッフの硬い声が聞こえた。「……あの、困りますー」

声を遮るように、カーテンが外側から勢いよく開けられた。

郁人も護堂も言葉を失った。現れた夕季は、鮮やかな真紅のドレスを着ている。たっぷりとしたドレープが胸元から床を引きずる裾まで流れて、胸のすぐ下をロープ状のベルトで縛り、その両端の房は腰のあたりまで垂らされている。夕季のうしろで戸惑っているスタッフなど、郁人の意識には映らなかった。

そんな見事なドレスをどこで、と郁人が尋ねかけたとき、夕季が言った。

「カーテンです」

郁人ははっとして、部屋と廊下の仕切りに使われている赤いカーテンへ目を遣った。房飾りがついたベルトは、カーテンを留めているタッセルだ。

「隣の部屋のを拝借しました。『風と共に去りぬ』って映画で、主人公がカーテンでドレスを作るんです。あれは緑色でしたけど」

裾を持ち上げて、夕季は部屋に入って来た。

護堂は夕季に見入っていたが、やがて目尻に深く皺を刻み、声を出さずに笑った。

「よく似合う」

「ウェイターさんをびっくりさせるにはこのくらいしないと。それに、あなたのお金を使いたくなかったから」

夕季はテーブルに護堂のクレジットカードを置いた。

「僕のお金を無駄使いしたくないと思ってくれたの？」

「そうではありません」

「じゃあどうして？」

夕季は束《つか》の間黙ったが、やがて低く言った。

「このテストに、ちょっと腹が立ってるんです。試されるっていうのはやっぱり、いい気分じゃないですから」

「ならなんで逃げないの」

夕季は真剣に言い返した。

「負けるみたいで嫌だから。それにわたしは、あなたのことが好きなんだから」

護堂の顔を郁人は見ることができなかった。

夕季は廊下を指さし、

「ウェイターさんを三秒間、黙らせました。合格ですか？」

と口調を変えて言った。

「……そうだね、合格だ。ちょっと失礼」

護堂は夕季の脇を通って廊下に出ると、スタッフの腕を引いてどこかに連れて行ってしまった。残されたカートには、料理が並んだまま湯気を立てている。

夕季は裾をつまみ、カートに近づいた。

「おいしそう。ねえこれ、食べちゃいましょうよ」

そう言うと、カートを押して室内に入れ、皿をテーブルに並べ始めた。郁人は慌てて手伝った。

「……あの」

「なんですか？」

夕季は郁人を見ずに手を動かしている。郁人は天井にある監視カメラの存在を考えた。今この瞬間も護堂が映像を見ているかもしれないと思うと、夕季に馴《な》れ馴れしくするのは得策ではない。会話も録音される仕様になっているから、どうしても訊いておきたいことだけ質問しようと思った。

「着ていた服は……？」

夕季は壁を指した。

「隣の部屋です」

「……なるほど」

「郁人さんは、眞さんに意地悪されているんですか？」

驚いた弾みに手が震え、皿が音を立てた。夕季は皿を押さえて料理が崩れるのを防いだ。

「ごめんなさい。でも、なんだかあの人を怖がっているみたいに見えるから……」

郁人は目だけで天井を示し、夕季に注意を促した。しかし夕季は続けて訊いて来た。

「今日のテストだって、なぜ突然こんなことをするのかわかりません」

話題がテストの方向に行ったので、郁人は安堵した。

「護堂さんはあなたのことが気に入ったんだと思います。だからこそ、なんですよ」

「だったら嬉しいですけど、わたし、あの人の期待に応えられるかどうか」

護堂の靴音が近づいて来たので、二人は話すのをやめた。

「お待たせして悪かった。時間を守れないスタッフを解雇してきたんだ。ああ、並べておいてくれたの。カートは廊下に出しておけばいいよ。すぐに他の者が下げに来るから」

食事が始まったが、郁人はすっかり食欲を失《な》くしていた。小さく切ったラム肉を重たい気持ちで口に運んだ。

「さっき、出て行けって言われるかと思いました」

食器を動かす手を止めて夕季は言った。

「わたしが逆らうようなことを言ったから。眞さんはおとなしい人間が好きなんだと思っていましたから……」

郁人は自分の頬が強張るのを感じた。護堂を見遣ると、彼の目が冷えていた。嫌な予感がして、郁人は身構えた。

「その通りだよ。でも君の反抗は許す」

護堂は郁人を指さした。

「この子には病気のお母さんがいるんだ」

「……護堂さん」郁人は自分の声が冷えるのを感じた。

「べつにいいだろ。郁人は遅く生まれた子でね、心臓が弱い母親は入退院の繰り返し。当然、費用がかかるわけだ。僕がそのお金を出してる」

夕季の顔を過った表情を護堂は見逃さなかった。

「いいよ。言いたいことを言って」

「……人質を取ってるみたいだなって」

「そうだよ。だから郁人は僕に逆らわない。でも僕は、郁人を可愛がってる。僕にとってはなんでもないお金が、彼には重大な意味があるんだ。それをわからせてくれる存在が、僕には可愛い」

郁人はひたすら無表情を貫くしかなかった。

なんとか食事を終え、デザートが運ばれてくると、郁人は落ち着かない気持ちになった。最終問題まで進んだ女は、郁人が知る限りいない。最後は護堂が出題するということなので、どんな問題が出されるのかも聞いていないのだ。郁人はてっきり、全員を二問目で落とすので、最後の問題など設定されていないのではないかと思っていた。

ところが護堂は、コーヒーをひとくち啜《すす》って切り出した。

「じゃあ、三番目の問題だ。僕が用意したこの指輪を、君に買い取って欲しいんだ」

護堂がふたたびテーブルに指輪のケースを置いた。

夕季が質問するそぶりを見せたが、護堂は遮って続けた。

「ただし、金に換えてはいけない。婚約指輪の本来の意味を知ってるかな。男が女に分与する、最初の財産だ。金は言うまでもなく人生と換えたもの。そこに愛情だとか未来の約束だとかを乗っける滑稽な儀式が婚約。僕に言わせればふざけてる。でもそのおふざけに、ぜひ乗ってみたいんだ。金銭以外で、君にとってこの指輪がどんな価値を持つのかを教えて欲しい。言い換えれば、君の大切なものを僕に差し出すということ。僕がそこに価値を感じたなら、この指輪を君に売る」

郁人も思わず考え込んだ。これは何を答えても正解になり、同時に間違いにもできる問題だ。だから正解にするかどうかは、完全に護堂の気分次第であり、それを夕季もわかっているはずだ。

護堂を見る。夕季を見つめる彼は微笑んではいない。内面がまったく読めない、王様の顔をしていた。

ほとんど時間を置かずに夕季は言った。

「一緒に来てくれますか?」

どこに? とは訊かず、護堂は立ち上がった。

＊

元のワンピースに着替えた夕季を乗せて、郁人は護堂のメルセデスを運転した。場所を指示する夕季は助手席に、護堂は後部座席に一人で座っている。

品川まで行って欲しいと言われて、郁人は従った。

「郁人さんは、眞さんの元で働くようになって長いんですか?」

唐突に訊かれて郁人は戸惑った。答えていいのか判断を仰ぐために黙っていると、護堂が応じてくれた。

「もう一年になる。他の連中と違って、なかなか辞めないんだ」

「辞めないのはいいことだと思いますけど」

さっきの話が前提にあるからか、夕季の口調は硬い。護堂はその硬さを揉《も》むように軽々と言った。

「そうではあるんだけど、虐《いじ》めているのに珍しいからさ。最初だって、ねえ郁人？」

郁人は曖昧な声を漏らした。どこまで言っていいものか、わからない。

「素直に話していい。最初に僕が何をしたか」

仕方なく、郁人は言葉を頭の中で組み立てた。これはこれで、話すだけでもストレスなのだが仕方ない。

「……俺が清掃会社でバイトしてたとき、たまたま護堂さんのオフィスが入ってるビルの担当になったんです。普段任されるのとは比べ物にならない立派なとこで、正直びびってました。休日だから誰もいないって聞いてたのに護堂さんが社長室にいて。いいから掃除してって言われて。その通りにしていたら、護堂さんがいきなり机の上に置いてあったガラスの置物を落としたんです」

「肘で小突いて、わざと落としたんだよ」護堂が付け加えた。

夕季は驚かなかった。

「……それで、郁人さんは？」

「この子は慌てて、床に落ちる前に受け止めてくれた。自分が腕をぶつけるのも構わずに。それで気に入ったから声を掛けた。運転免許を持っていないと言うから、教習所に通わせてあげてね。優しいなんて言うなよ？　ちゃんと虐めてるんだから。気まぐれに何時間もドライブさせたり、真夜中に呼び出しておいて、夜明けまで外で待たせておくとかしてる。でも郁人はいちども辞めると言わない」

郁人は無言を貫いた。護堂は話を脚色している。確かに呼び出されて放置されることもあったが、言うほど長時間ではなかったし、そういうことをしたあと護堂は埋め合わせのように臨時ボーナスや休暇をくれる。護堂にしてみれば鞭《むち》のあとの飴《あめ》のつもりであり、飴を受け取る郁人の悔しさと嬉しさの入り混じった表情を見るのが楽しいのだろう。もっとひどいことをされて病んだ者もいたと人づてに聞いた。郁人もいつ、そういう目に遭わされるかわからないと思っていた。

夕季は尋ねた。

「……眞さんはどうして、そんなことを？」

「したいからだよ」

ひやりとする予感が、郁人の背中を駆け抜けた。

「これは初めて言うけどね。実は、清掃会社に頼んでおいたんだよ。若くて金に困っていて、できれば気が弱いやつを寄越せって」

車は走り続け、やがて夕季が指定した町に到着した。夕季は郁人に、次の角を右だとか、直進だとか細かく説明し、郁人は従った。急な坂道に差し掛かったので、車に傷をつけないよう細心の注意を払わなければならなかった。

「このあたりで停《と》めてください」

車から降りて、夕季は歩き出した。護堂が続き、郁人もあとを追った。心臓は緊張が高まり過ぎて、凍りついたように静かだった。

夕季は小さな木造のアパートの前で振り返った。階段の下には、六個の郵便受けが並んでおり、そのうち半分がガムテープで塞がれていた。

「まさか、ここが住まいじゃないだろう？」

護堂の口ぶりから、彼が本気で驚いているのがわかった。どうやら夕季の自宅を訪れた経験がなかったらしい。護堂はテストを受けさせる女と深い仲にならないとはいえ、住んでいるところさえ調べないのは迂闊と言えた。

「ここが住まいなんです。眞さんに送ってもらう時には、わざと家から遠い駅前で降ろしてもらってました」

夕季に続いて、全員で階段を上った。夕季は右端の部屋のドアにカギを挿し込んだ。最初に夕季が、続いて護堂が中に入る。いちばんあとから入った郁人は後ろ手に玄関のドアを閉めた。

室内はこぢんまりとした1Kだった。アパートの外見と比べて、室内はさっぱりと明るい。キッチンを抜けて、奥の六畳間に足を踏み入れる。明るい色調のシーツがかけられたベッドや姿見などが整然と並んでいた。

夕季は窓を開けた。ガラスがなくなり、熱を帯びた日差しが流れ込んできた。膚《はだ》を焼く真夏の太陽。しかし今は、わずかだがその力は弱まっていた。

「眞さん。ここに立ってくれませんか」

夕季は護堂の腕を摑み、窓際に立たせた。護堂は眉を寄せながらも言う通りにしている。

「この位置に……そうです。そこ」言いながら、夕季自身は二歩大きく下がる。それだけで彼女は入り口の脇の壁際まで後退することになり、郁人と並んだ。「そのまま、あと少し待っていてください」

護堂は夕季を振り返ったが、夕季が見つめ返すと、やれやれといった風情で正面を向いた。郁人は沈黙を守るしかなかった。

「黙ったままだと居心地が悪いな。ヒントをくれないか？」

「いいですよ。でも、前を向いていてくださいね。眞さんはこう言いましたよね。わたしにとってとても大切な、指輪の価値があるものって」

「うん」

「わたしにしか贈れないかっていうと、少し微妙なんですけど。でもたぶんこれを『贈り物』だと捉えられるのは、わたしだけなんじゃないかなって思うものです。等価値かどうかは、わたしが判断することではないから、何も言いません」

護堂は首のうしろを摩《さす》って苛立ちを表した。

「もったいつけるなあ。早く見せてくれたらいいのに」

「あと少し……。わたしからも眞さんに訊いていいですか」

「かまわないよ」

「わたしのことが好きですか？」

護堂は苦笑したが、その直前、様々な表情が彼の顔を横切っていった。

「眞さんはわたしに特別な気持ちを持っていますか？　わたしはあなたのことが好きです。

でも、あなたは？ こんな『テスト』をするくせに、あなたはいちどもわたしに愛していると言ってくれたことないですよね。何度か食事はしましたし、プレゼントはいただきました。気に入っていると言ってくれたことも。でもあなたはわたしを抱こうともしない。まるでじりじりと逃げ回っているみたい」

振り返った護堂の胡乱《うろん》な目を、夕季は臆することなく受け止めた。

「どうなんですか？」

「……君の『好き』だって、結局は金を持ってるからなんだろ？」

「そうですよ。お金をたくさん稼げるってすごいことだって言ったじゃないですか」

「君は何かが変だ。何か隠してない？」

護堂がこちらへ来ようとしたところで、夕季が言った。

「眞さん、そろそろです。前を向いてください」

護堂は一瞬躊躇ってから、窓のほうへ顔を向けた。

おなじ方向を見た郁人は、護堂の輪郭を縁取る光が夕日の色に変わっていたことに気づいた。鮮やかな深い色は、赤になりきれない朱色。疲労とまどろみの夕暮れの光だった。

期待が籠った声で夕季が訊いた。

「どうですか？ すごいでしょう。郁人さん、眞さんの隣に行ってみてください」

郁人は従った。二歩で辿りつける窓辺に近づくのに、なぜか五回も畳を踏んだ。

外の景色を眺めた郁人は言葉が出なかった。

坂の上にあるアパートからは、周辺の住宅の壁と、路地を抜けた先にある大通り、そして鱗《うろこ》のように並ぶ家々の低い屋根が一望できる。そのすべてが夕日の色に染まっていた。世界の上から、誰かがオレンジを搾ったかのようだった。沈む太陽も、正面ではなくやや左側にあり、そのおかげで眩しさに目を細めずに済む。

「わたし、東京に出て来てからずっとこの部屋に住んでるんです。嫌なことなんてたくさんあったけど、ここから日が暮れていくのを見ていると、なんだか許せてしまうんです。だから、引っ越さなかったんです」

「この景色が、指輪と同じ価値？」護堂は抑揚のない声で言った。

「指輪と、同じ価値……。人生を一日に譬《たと》えると、眞さんはちょうど今くらいの時間にいるんじゃないですか。だから。あなたの夕暮れをもらうから、わたしはわたしが知っている一番きれいな夕方をあなたに贈ります」

護堂は一瞬、かすかに笑った。

「平凡だな。そんな言葉で、僕が感動すると思った？　ずいぶんと普通な口説き文句でさ」

「でも、これがあなたの欲しいものでしょう？」

夕季の言葉に護堂の肩が凍ったことに気づいて、郁人は彼のほうに顔を向けた。

護堂はじっと目を開いて動かずにいる。夕季は続けた。

「あなたは自信に溢れているように見せていましたが、いつも悲しそうでした。強引なようでいて、何かを怖がっている。そこがずっと不思議でした。でも今日の『テスト』でやっとわかったんです。あなたは人を信じたいから試してる。あなたが他人をいたぶるのは、寄ってくるたくさんの人の中から本物を探そうとする行為でしょう。いくら虐めてもあなたからいなくならない、たった一人を」

護堂は立ちあがり、玄関のほうへ向かった。あとを追うか郁人が迷った時、夕季が続けた。

「今出て行ったら、わたしには二度と会えませんよ」

護堂は夕季の隣で足を止めた。

「わたしの父はわたしを一切、構ってくれない人でした。滅多に家にいなくて、たまに帰って来るとわたしを家から追い出すんです。しばらくして、母が父の愛人だったと知りました。そのうちに父は家に来なくなって、母には別の男性が。わたしは家を出ました」

夕季は護堂の言葉を待つように口を閉じたが、護堂が何も言わなかったからか、続けた。

「あなたにも、似たような経験があるんじゃありませんか」

「失礼だ」護堂は低く切りつけるように言った。

「無礼に感じるのはわたしの話が当たってるからでしょう。あなたのわたしへの、いえ多分すべての女性への接し方は、あなたがあなたのお母様にしたかったことなんです。僕を見てと訴えながら、手を伸ばすと振り払う。それでも追いかけてくれる誰かを待ってる。あなたはそんな自分自身を疎んじていますね。でも眞さん、恋愛って結局、そういうものでいいんじゃないでしょうか。味方してくれる誰かを求める気持ちから始まるんです」

「僕は――」

護堂はかすかに唇を動かしたが、声は出なかった。

「あなたは特別な人ですが、わたしは特別ではありません。わたしはあなたがいる高みには昇れないかもしれない。でもわたしがいるところまで、あなたが降りて来てくれるなら、わたしたちは一緒にいられます」

夕季は護堂のほうを向いた。ジャケットの右ポケットに触れている護堂の手を取って、ゆっくりとポケットの縁に持って行ったが、そこで止めた。

護堂が夕季を見つめ、夕季も護堂を見返した。夕日に透けた二人の目は同じ色をしているように見えた。やがて護堂が静かに瞼を下ろして、夕季の手を置き去りにしたままポケットの中に手が滑り込んだ。

「何も言わなくていいんですよ」

指輪のケースを掴んだものの取り出せないまま戸惑っている護堂に、夕季は言い聞かせた。

「大丈夫……わたしはあなたから離れませんから」

護堂は曖昧に頷いて右手を引き抜いた。指輪のケースを握っている自分の手を、信じられないものを見るように見つめている。そのままおずおずと、ケースを夕季に差し出そうとした。

夕季が護堂から一歩離れた。ちょうどできた隙間を狙って、郁人は護堂の首に注射器を突き刺した。

＊

注射器は郁人が懐に隠していたものだった。護堂はすぐに郁人を突き飛ばしたが、その時にはもう、中の液体はすべて護堂の体内に送り込まれていた。

「何を──郁人？」

尻もちをついた姿勢のまま郁人は答えた。

「……筋弛緩剤です、ただの。……毒ではありません……」

護堂が、感情に揺れる目で夕季のほうを見る。夕季は静かに護堂を見下ろしていた。

「彼女は僕が雇った便利屋です。名前も『夕季』じゃない」郁人は教えてやった。

ユキは引き継いだ。

「今回はこちらの郁人さんのご依頼で参りました。あなたをテストするために」

「テスト――……依頼？　郁人が……？」

郁人は呼吸を整えて立ち上がった。

「……恨みか？」言った途端、護堂は膝を折った。その音は、郁人の耳に心地よかった。

「だから、この女を雇って、こんな……嫌がらせを。こいつのたい、態度は、おまえが教えたものなんだな。僕が気に、気に入りそうな……」

護堂は畳に手をつき、郁人のほうへ這《は》い寄る気配を見せた。それも長くは続かず、掌《てのひら》が滑って畳に突っ伏した。

郁人は自ら、護堂に近づいた。

「最初の『テスト』に俺を駆り出したあと、あなた言ったじゃないですか。こんなのは遊びだ、女なんか信じられない。歳を取って動けなくなったら、君が僕の世話をしろ。そうすれば遺産をやるって」

「遺産……それが、目的――」

「いいえ」声が冷静なのが自分でも可笑しかった。「俺はあなたのことが好きなんですよ。

あなたは王様だから。俺には他人を踏みにじったり、金持ちになったりはできない。俺にできないことができるあなたが眩しくて、だから、あなたの最期を俺に看取らせてくれるって言われて嬉しかったんです。あなたの夕日を、俺だけのものにできる。でも護堂さん、ひとつだけ不安だったんです。俺は王様であるあなたが好きなんだ。なのにもし、たった一人の女と恋なんてすることになったら。あなたは凡夫《ぼんぷ》に成り下がる」

護堂は郁人を見上げようとしたが、首が動かないのかもしれない。かすかに頭が持ち上がっただけだった。

ユキが添えるように言った。

「護堂さんの失敗は、自分の魅力を見誤ったことですね。誰かの王様になるなら、一生支配してあげる覚悟を持たないと」

護堂がユキを見たので、郁人は衝動に駆られて護堂を殴った。護堂は短く呻くと、畳に突っ伏し、起き上がらなくなった。

「ごめんなさい。痛かったですか」

郁人が尋ねると、護堂は途切れがちな声を絞り出した。

「こんなことをして、おまえの、母親——」

「三日前に亡くなりました。それもあって行動を決めたんです。弱みがない俺は、あなたの好む下僕じゃなくなるかもしれない」

「これは、はん、犯罪……」

郁人はユキに目を移し、言った。

「ありがとうございました。ここまでで結構です。ここからは、あなたには一切、関係がありません」

護堂の指が畳を叩いた。驚くべきことに、この期に及んでもまだ護堂は、ユキに這い寄ろうとしていた。

アパートの玄関が開いた。現れたのは、郁人よりいくらか年上の男だった。彼のことをあらかじめ知っていた郁人はともかく、護堂は驚いたらしい。部屋まで入って来た彼を見て、助けが来たのではと期待したのがわかった。

「セイジ君」

呼びかけたユキは、セイジと呼ばれた男に腕を回した。セイジは畳に突っ伏している護堂を一瞥し、特殊な色を浮かべてユキを見たが、ユキが頭を振ると顔を背けた。

「じゃあ、郁人さん。さよなら」

「……はい。ありがとうございました」

二人が出て行き、静けさが部屋を満たした。心地よい静寂を味わってから、郁人は荒い呼吸を繰り返している護堂に囁いた。

「護堂さん、二人で長野の寮に行きましょう。ほら、もうずいぶん前に手を引いた土木会社の、山奥に建てたあれですよ。ほとんど廃墟だけど、周りには何もなかった。大丈夫ですよ。この部屋もね、適当な女に金を摑ませて先月から住んでもらっただけ。二人だけで過ごせます。しばらくは……」

郁人は窓を見た。いつの間にか、太陽は沈んでいた。

君がいる日

質問のための覚悟は重い。

「今日のはどんな仕事？」

誠司はさりげなく尋ねたつもりだったが、声が強張ったのが自分でもわかる。

当たり前だ。一年近く彼女の仕事を間近で見てきたが、いまだ慣れることはない。

それどころか回を追うごとに仕事前の緊張が増してきた。諦めきれない恋や、捨てられない愛のための便利屋。そんな仕事なのだから当然といえば当然だが。

ハンドルを操りながら時折、彼女の横顔に視線を遣っていると、彼女は突然、誠司の胸に握った拳を押し付けた。

「たぶん、ここが痛む仕事」

驚いた誠司はハンドル操作を誤りかけた。車体が大きく揺れ、対向車線にはみ出してしまう。急いで車の体勢を整えた。

彼女は淡い色の唇を微笑みで飾った。

「気をつけて。寝不足なんでしょ?」

「誰のせいだと……」

呻くように言った。寝不足、というのは確かにそうだ。フロントガラスの向こうの空はまだ白み始めたばかりで、行き交う車の数は少ない。デジタル時計の数字は午前六時を表示している。

「今の、どういう意味?」

車を進めながら尋ねた。

カーナビが、四十メートル先、信号を左、と機械の音声で告げた。

「そのままの意味。今日の仕事はちょっと、今までのと違うの」

「でもさ……」

誠司は言い淀《よど》んだ。彼女と過ごしていて、胸が痛まなかった日などない。しかし彼女が言いたいのはそういうことではない気がした。

ハンドルを切る一瞬、誠司は彼女の姿をもういちど確認した。

短い髪は無造作に流し、化粧はほとんどしていないように見える。青いデニムに水色のトップス、膝には脱いだコートを抱えており、靴はローファーだ。今日の彼女の装いは、確かにこれまでの仕事のときより素朴だった。いつもは相手に合わせた服装なので、ある種の『制服』のように感じていた。しかし今日の恰好は、どう見ても普段着なのだ。服だけではなく、纏《まと》う雰囲気も今日はどこか湿っぽかった。仕事に挑むときの彼女はもっと凛《りん》としていて、芯が通っているのに。

「難しい仕事？」

彼女は頭を横に振った。その仕草も、どことなくアンニュイだった。

「ううん、難しくはないよ。今までのよりも簡単かも……。ただ、相手がちょっとね」

「特別な依頼人？」

彼女はしばらく黙り、やがて小さく頷いた。

誠司は恐る恐る尋ねた。

「……知り合いとか、子供が相手とか？」

彼女は噴き出した。

「まさか！　わたしは未成年からの依頼は引き受けないし、知り合いなんて仕事にならないでしょ」

その一瞬だけいつもの彼女の明るさが戻り、誠司は安堵したが、またすぐにしっとりとした目つきに戻ってしまう。

それきり、何も言わない。

誠司はハンドルを握りなおした。落ち着かない気分だった。

車は進み続け、小さな駅の前を通り過ぎた。登山に向かうグループなのか、大きなリュックを背負った集団が、狭いロータリーにたむろしていた。

カーナビの指示通りに角を左へ曲がる。背が低い建物がひしめき合う道を進み、大きな神社の横を通り過ぎてしばらく走ると、機械の音声が目的地周辺に着いたことを知らせてくれた。

「その辺で停めて」

女は小さな箱を取り出し、イヤリングをつけた。

「じゃあね」

コートを抱えたまま車を降りた彼女はその場で振り返り、イヤリングが光る耳を指さした。

ジェスチャーの意味を理解して、誠司はダッシュボードを開けた。中から機械を取り出し、本体から伸びているイヤホンを右耳に差し込む。タバコの箱より一回り大きいサイズの機械本体は上着の胸ポケットへ入れた。

『聞こえる？』

少し離れた歩道に立ち、彼女は尋ねてきた。

誠司は、ああ、と答えたが、耳に入れたのは受信機なので、こちらの声は彼女には届かない。彼女の仕事に付き添う時、一緒にいられるわけではないので、大抵この盗聴器を使う。慣れてきたはずなのに、つい声を出してしまうのはやめられなかった。

頷いて見せると、彼女は歯を覗かせて笑い、背筋を伸ばした。

『そこだと目立つから、移動したほうがいいかもしれない。じゃあ、行ってきます』

そう言うと、誠司に背中を向けて歩き出した。駅前から十分くらいしか走っていないのに、あたりに背の高い建物は見当たらなかった。住宅はどれも庭が広く、畑と、あとは空き地が目立つ。

誠司は女の後ろ姿を見送った。女は、一軒の住宅の前で足を止めた。背が低く、苔むしたブロック塀に囲まれた、二階建ての木造家屋だ。建てられてからずいぶん経っているように見える。庭は手入れされた形跡がなく、まだ青い雑草がブロック塀の穴からはみ出て、庭木も伸び放題。空き地と生活道路に挟まれ、どこか孤立して見える家だった。

錆《さび》が目立つ門に手をかけたところで、彼女がこちらを振り返った。

誠司の車がまだそこに停まっていることに気づくと、緩く頭を振った。誠司は大きく息を吐き、あたりに目を配った。女が入ろうとしている家の隣の空き地、その隅に大きな木が立っている。誠司は木の陰に車を寄せた。かすかにイヤホンから雑音が聞こえた。誠司は体を傾け、横の窓から覗いた。木の幹越しに、彼女が門を開け、敷地内に踏み込むのが見えた。そうなると、彼女の姿は敷地を囲むブロック塀の向こうに隠れてしまう。誠司は俯き、耳に神経を集中させた。敷石を踏む足音が続き、止まった。金属が触れ合うかすかな音が聞こえる。

鍵を鍵穴に挿し込んで回す音のようだ。

誠司は彼女が鍵を持っていることに驚いた。この家と彼女の関係がわからない。

扉が開いた音が聞こえた。靴音、そして扉が閉まる音。靴を脱ぐ音、スリッパの底が廊下をこする平坦な音がそれに続いた。まるで自分の実家に帰ってきたかのように自然な動きだ。

誠司は顔を上げて、幹の横からかろうじて望める住宅の一部を観察した。二階にはベランダがあるが、窓のカーテンは閉まっているようだ。

イヤホンから聞こえて来る音が変わった。どうやら、階段を上っているらしかった。

スリッパの音は、階段を上り切ったのか、ふたたび廊下を進む音に戻る。

誠司はシートの背もたれに身体を押し付けて、ベランダを見ようとした。カーテンが開いて彼女の姿が見えるのではないかと思ったからだ。

しかし、カーテンは動かなかった。代わりに、誰かに呼びかける彼女の声が聞こえてきた。

『おはよう、アツシくん』

誠司はぎくりとした。アツシ？

知らない名前であることは、仕事の内容を考えればおかしくないが、彼女の声が一変していることに驚いた。歯切れのよい、潑溂《はつらつ》とした若々しさ。それだっていつものことだが、彼女の変貌ぶりには毎回びっくりさせられる。

『起きて。もう七時だよ』

布が空気を掻き乱す音は、布団を剝ぎ取った音だろう。次いで何かが擦れる音、人の身体が敷布団の上でもぞもぞと動く音がした。

『……おはよう』

誠司は思わず奥歯を嚙んだ。寝ぼけた男の声は妙に近くから聞こえた。彼女が男の顔を覗き込んでいるのでなければ、イヤリング型の盗聴器ではこれほどはっきりと他人の音声は拾えまい。

『まだ、眠い……』

誠司は男の声から相手の情報を探ろうとした。歳を取った声色ではない。かといって彼女の声ほど若くもない。誠司とおなじか、わずかに年上か。アツシ。字面もわからない名前だけしか情報がない。

じれったくて無暗《むやみ》に身じろぎをしてしまう。声だけで状況を判断する、ということは、本当に神経をすり減らす作業だ。

女のかろやかな笑い声が聞こえた。

『だめ、だめ。アッシくんは二度寝するとそのままお昼まで寝ちゃうんだから。早く起きて。顔洗って、着替えて。朝ごはんの準備をしておくから』

激しい衣擦れの音。それに重なる、けだるげな足音。

予感がして、誠司は顔を上げた。

二階の窓のカーテンが勢いよく開いた。次いで窓も開けられ、パジャマ姿の男が半分だけ見えた。髪に寝癖がついた男の年齢は、誠司が想像した通りだが、ずいぶん痩せていた。

男は笑顔を浮かべているように見えた。満面の笑みではなく、満ち足りているからこそかすかな、とろけた笑み。欠点のない休日の朝を迎えた男の顔そのものだった。

『今日はいい天気になりそうだね』

男の口の動きに合わせて、掠れている声が聞こえてきた。男は青色に染まり始めた空を見上げている。

背伸びをしてから、男はうしろを向いた。男の口元は見えなくなったが、声はよりはっきりと聞こえた。

『おはよう、トウコ』

誰だろうと考える必要はない。それが今回の、彼女の名前なのだろう。

さっぱりとした彼女の返事が聞こえた。

『おはよう。アツシくん』

＊

それから一時間、誠司の耳には穏やかな日常の音色が流れ続けた。

トウコと呼ばれた彼女は一階へ下りたらしい。

軽快な足音と扉が開く音に続いて、冷蔵庫を開ける音、調理器具を用意する音が賑やかに続いた。

男はしばらく二階の窓辺にいた。とろけた顔のまま景色を眺めている。卵を割る音がイヤホンから聞こえた頃、男は窓を閉めた。

誠司は何度か体勢を変え、窓を覗こうとしたが、ガラスに反射する空の色が見えるばかりで、男の動きを垣間見ることもできない。

イヤホンにノイズが混じり始めたので、電波状況が心配になった誠司は外に出た。朝の空気は湿っていて冷たい。息をするだけで、肺の中から身が引き締まる思いがした。

一歩、大木のほうに踏み出すと、ノイズが消えた。何かを焼いている音が聞こえる。目玉焼きかもしれないと想像した途端、誠司の胃袋が空腹を訴えた。今朝は午前七時までにここに到着しなければならず、都内に住まいがある誠司は午前四時前に起きた。軽くサンドイッチを食べたものの、とっくに消化されてしまったらしい。

『おはよう』ガスを止める音に彼女の声が被さった。

男の返事がすぐに続いた。

『さっきもおはようって言ったよ』

『いいじゃない、言いたかったんだから。まだ朝なんだし』

男は軽く笑ったようだった。

『そろそろパンが焼けると思うから、冷蔵庫からバター出しといて』

『うん』

『ジャムあったっけ?』

『あるよ。ブルーベリーのが』

『あたしの好きなやつだ。出しといて』

『ん』

皿に料理を盛る音や、飲み物を注ぐ音、そして他愛ない会話をする二人の声が絶え間なく流れてくる。

ごくふつうの、幸せな夫婦の朝の光景。

誠司はブロック塀の向こうを見た。

塀と庭木に遮られて、一階部分の様子を見ることはできない。覗いてみたくなって前へ出たが、すぐに足を止め、周囲に目を配った。

国道から一本脇道に逸れた車道沿いの住宅地は、空き地が多いとはいえ、家は女が入って行った一軒だけではない。自分のような男がブロック塀越しに覗き込んでいるのを近隣住民に見られたら、通報されてもおかしくない。さっきまで人影がなかった景色の中には、犬を散歩させる老人や、部活の朝練でもあるのか自転車を漕ぐ学生服姿の少年が出現していた。

タバコでも持ってくれば良かったと思った。ヘビースモーカーというわけではないが、ただ突っ立っているよりは風景的に誤魔化しが利く。

音声だけの幸福な朝食風景は続いた。

会話の断片から、目玉焼きとウィンナー、それからパンと牛乳の朝食であるらしいとわかる。野菜サラダもつけあわせで出されているのか、女の声が男を叱った。

『アツシくん、トマトも食べて』

『嫌いなんだって。トウコが食べて』

『しょうがないなあ。いい歳して好き嫌いとか』

『歳は関係ないだろ』

空腹と、なにより苛立ちを散らすために。誠司は考えた。

今日の仕事はどういうものなのだろう。今までにかかわったいくつかの彼女の仕事を思い起こしてみる。

彼女の仕事はひとつの作品である。彼女と彼女の依頼人が創り上げる世界だ。その世界は日常の中に在りながら、見えない強固な膜を形成している。誠司はその外側から、誰もが彼女の作品に気づかずに通り過ぎるなかで、たった一人の鑑賞者としてその世界を覗いていた。時には膜の内側に入り込み、束の間、演者の一人になることもあった。それでも作品を創る主体は彼女であって、誠司は傍観者に過ぎない。口出ししないことが、彼女の仕事を覗き見する条件だったからだ。

今日の作品については、具体的な話をなにひとつ聞かされていない。だから想像するしかないのだが、この音の風景は、恋愛に恵まれない男が一日だけの恋人または妻役を依頼した、そんなふうに思える。

誠司は、彼女が拳を押し付けた胸に触れた。

理想の恋人を演じてあげる一日――

いつもより胸が痛む仕事とやらが、本当にそれだけのものだろうか。


朝食が終わり、二人で後片付けを始めた。皿を洗う音としまう音がほとんど同時に聞こえてくる。その隙間から流れてくる会話は、誠司には内容を理解できないものばかりになった。

『ケイコっていたじゃん。あの子、最近連絡取れないんだよ。メールしても返信ないし』

『トウコ、その子のこと親友だって言ってなかった？』

『親友だと思ってたのはこっちだけだったみたい。進学したからって、なんだかな、冷たいよ』

『俺のほうにもそういうのはいたな。高校の時の先輩でさ、東京に来たら面倒見てやるとか言ってたんだけど、いつの間にか大学辞めてて今は連絡も取れない』

『そうなんだ。ドライだね、やだやだ』

高校のときの同級生や先輩の話だというのは理解できたが、これは書かれたシナリオなのだろう。

高校時代から付き合っている恋人、の設定か。

誠司は、気持ちはわかる、と心の中でアッシに語り掛けた。制服を着ている時期に出会って恋に落ち、お互いが大人の顔になっていくのを見つめ合う。やがて大人になり、家庭を持つ。それは理想的な、憧れの人生だろう。しかしその妄想を、現実の世界に持ち込むのは虚《むな》しくないのだろうか。

片付けが終わると、二人はソファで並んでくつろぎ始めたようだ。

『これからどうしようか？』

男のほうが尋ねた。彼女の答えを心待ちにしているのを悟られまいと頑張っている声色だった。

『そうだねえ』

彼女が背伸びでもしたのか、ソファがきしんだ。誠司はいつの間にか右耳のイヤホンに指をあてがい、目を閉じていた。彼女が背中を反《そ》らす様を想像した。無防備な姿を思い浮かべると、心の片隅がざわついた。

『天気いいし、ゆっくりできるとこ行こうよ。川のとこ』

『いいよ。じゃ、支度する』

男はソファから立ち上がったらしい。その音は、内心の嬉しさを隠しておこうとするのには大きすぎた。

『その前にトイレ行って来る』

『車のエンジンをかけておくから』

そこで二人は離れたらしい。女のスリッパの音が聞こえ、ドアが開閉する音がした。

それから突然に、いつもの口ぶりに戻った彼女の声が鼓膜をくすぐった。

『ちょっと、誠司くん。まだ聞いてる？　わたし、本当にトイレなんだけど』

誠司はイヤホンを引き抜いた。

同時に、住宅の玄関扉が開いた。アツシが、俯きながら現れる。門の外まで来ると、男の全身が見えた。赤いチェックのシャツとジーンズに着替えている。貧相な見た目はそのままだが、ぎすぎすした雰囲気はなく、どちらかというと幸せそうに見えた。

ごっこ遊びがそんなに楽しいのか……。誠司は我ながら意地悪なことを考えた。

アツシは家の反対側へと回った。

少ししてからエンジン音が聞こえ、白いミニバンが家の角から現れた。新車ではなかったが、丁寧に洗車されているようだ。誠司はアツシが、今日のことを夢見ながら曇りひとつも許さない執拗《しつよう》さで車体にワックスをかけている姿を想像した。

車体がすっかり現れて家の門の前に進み出た頃、玄関扉がもういちど開いた。

「お待たせ」

風に乗って、彼女の生の声が届いた。

誠司は盗聴器のイヤホンを耳に突っ込んだ。その際、彼女がこちらを一瞥した。さりげない視線だったが、そのわずかな一瞬で、彼女は誠司を咎めるように睨んだ。誠司はすぐさまその眼差しの意味を悟り、急いで大木のうしろに回った。

『家の鍵、あなたが持ってて』

イヤホンから聞こえて来る車に乗り込んだ彼女の声からは、いつもの甘く落ち着いた声色は消えて、さっきとおなじ演技中のきらめきを取り戻していた。

『シートベルトを締めて』

『はーい、準備オーケー』

『じゃあ出発だ』

エンジンの音が遠ざかっていく。誠司も、車のエンジンをかけ、発進した。

二人が乗る車は駅前を通り過ぎ、国道を進んでいく。空が明るくなったせいか車の数が増え、誠司はトラックを挟んでミニバンを追いかけた。見失わないか不安だったが、電波状況は良好で、二人の会話はきれいに聞き取れる。

『長瀞《ながとろ》に着いたら、おいしいもの食べたいなー』彼女の声が、誠司に行先を教えてくれた。

『鮎《あゆ》の塩焼きとか。あの岩畳の河原でまったりしたい。ライン下りはどうしようかなあ』

『今日みたいな日は水が多いから、服が濡れるかも』

『それは嫌かも』

信号が変わり、ミニバンは走り出した。誠司も一拍遅れて車をスタートさせた。

走っているあいだ、二人はぽつぽつと会話を交わした。話題を一生懸命に探して話を繋いでいる雰囲気ではなく、慣れ親しんだ者同士が、お互いにとって心地いい間隔で言葉の交換をし合っている。見事な芝居だった。彼女のほうはともかく、男もそれをしているのだから、なかなかすごいことなのではないだろうか。

やがて道路の幅が広がり、車の量が増えた。道路の両脇に土産物屋《みやげもの》が目立ってきた頃、ミニバンがゆっくりと角を曲がった。行く手には砂利が敷かれた駐車場と、こぢんまりとした駅舎が見えた。

誠司は、先に停められていたマイクロバスの陰に隠れられる位置に車を停め、降りた。

その頃にはミニバンの二人も車を降り、車道とは反対側の、土産物屋が軒を連ねる細い路地に向かって歩き出していた。誠司は、たっぷりと距離を置いて、寄り添う背中を見守った。

『ここ来るの久し振りだね』

『そうだなあ』

二人の身体は、きわめて近いけれども触れ合ってはいない。透明なガラス板一枚分の厚さの空気を挟んで指同士が接している。アッシの中指の爪が、時折、揺れながら彼女の手首を掠めた。

不意に彼女が足を止めた。

『手』

アッシが不思議そうに振り返る。女は彼に自分の右手を差し伸べた。

『繋ごう』

誠司がいる位置から彼女の表情は見えない。男は一瞬、戸惑った様子だったが、すぐに小さな笑みを浮かべて彼女の手を握った。

路地の先は急な石段になっている。どうやらその下に荒川の流れがあり、ライン下りの乗り場が設置されているらしい。そのあたりまで来ると、観光客の姿が目立ち始めた。シャッターを開けた土産物屋の横の屋台で、生の鮎に塩をまぶしている親父《おやじ》の手元を、中高年の男女が覗き込んでいる。紅葉し始めた木々にカメラを向ける男の横を、親子連れがのんびりと歩いている。

二人はゆったりと歩いて行く。

『ここに最初に来た時のこと、覚えてる？』

アッシの口調が変化したことに、誠司は気がついた。できるだけ自然に喋ろうとして、そうはできない言い方だ。

『覚えてるよー。アッシくんが免許取った時。ここまでドライブしたでしょ』

彼女のほうは、相変わらず自然な、昔からの恋人と歩く女のままだ。

『そうだったね』

『あの時何食べたっけ？　なんかおいしいものを食べた記憶が』

『トウコは食べることばかりだな』

アッシは笑いを混ぜはしたが、硬さはそのままだった。

『食べるの好きだもん。あ、味噌《みそ》こんにゃく売ってる。アッシくんも食べる？』

『じゃあ……』

『じゃあ？　何？　はっきり言ってよ』

『食べる』

『おごってあげる』

『え』

『いいから、いいから』

彼女がアッシの肩を叩き、味噌こんにゃくを売る店先に連れて行った。誠司が窺うと、男の横顔は自分自身に何かを言い聞かせているように見えた。

二人が立ち止まっているあいだ、誠司は路地の向かいの土産物屋を物色するふりをして過ごした。

アツシと彼女は味噌こんにゃくを齧《かじ》りながら石段を下りて行く。下った先には広い河原があった。水流が多い幅広の川を挟んで、対岸は崖になっている。河原の一端にはライン下りの旗が立ち、観光客の一団が、長い棒のようなものを持った船頭に誘導されて細長い舟に乗り込んでいく。

二人はゆっくりと河原を散歩し始めた。

『気持ちいいねえ』

彼女の言葉に対して、アツシの返事が遅れたのは味噌こんにゃくを咀嚼《そしやく》していたからだったようだ。

彼女が声を転がして笑った。

『なんだよ?』

『だから言ったのに、と思って』

彼女は口元を両手で隠し、腰を折って笑っている。

『ここに初めて来た時さ、あたしが味噌こんにゃくを食べてたら、そんなふにゃふにゃしたものよく食えるなあ、って言ったんだよ。誰かさんは』

『……言ってない』

『言ったよ』

彼女は自分の串に残っていたこんにゃくの最後の部分を口に入れた。

『あの頃から好き嫌いが多かったね。今ではこんにゃくだけは食べられるようになったみたいだけど』

アツシは半分になった自分の味噌こんにゃくを見つめている。

『ふにゃふにゃしたものも、食べてみればおいしいでしょう？』

アツシは黙っている。彼女はアツシの顔を覗き込んだ。子供っぽく、暑苦しい動きに見える。

誠司の心がかすかに焦げた。普段の、いや、本来の彼女なら、あんな仕草は決してしない。芝居とはいえ彼女が別人になる瞬間は、いつ見ても心がざわめく。

アツシが食べ終えると、彼女は突然、言った。

『やっぱり、あれに乗ろう』

彼女は「ライン下り乗船場」の旗を指していた。

『ね。行こう。乗りたくなってきた』

乱暴に彼を引っ張っていく。アツシは足をもつれさせつつも、ついて行った。

『気まぐれだな。俺の好き嫌いのこと言えないじゃん』

誠司は河原に立ち止まり、二人を見送った。二人が船に乗れば、音声は届かなくなるだろうが、まさか同じ船に乗るわけにはいかない。

転び掛けながら楽しそうにはしゃぐ二人は本当に、ただの、普通の、恋人同士にしか見えなかった。

*

川下りを楽しんだ乗客は、下流で降りたあと、専用のバスに乗って乗船場近くの駐車場まで戻って来るシステムらしい。誠司は説明してくれた土産物屋の店員に礼を言い、ついでに饅頭《まんじゆう》を買って車に戻った。食べながら待っていると、バスが来て、客を降ろした。そのなかには彼女とアツシもいる。

誠司は二人に見つからないように背中をシートに押し付けた。

二人が近くまで来ると、彼女の声がイヤホンから聞こえた。ジェットコースターに乗ったあとのように彼女の声は弾んでおり、アツシも、船に乗る前よりくだけた笑顔になっている。

二人は、ジェットコースターみたいだった、服が濡れたとはしゃぎながらミニバンに乗り込んで行った。

その後は近くの蕎麦《そば》屋で昼食を済ませ、ドライブを始めた。誠司はついて行きながら、だんだん息苦しくなるのを感じた。恋人ごっこが『胸が痛む仕事』なのか？　彼女がそう言ったのは、こんな様子を誠司に見せることになるからという、それだけの理由だろうか。

大きな神社に参拝し、スーパーで夕食の買い物を済ませる。その頃には陽は傾き始めており、誠司はこの仕事はいつ終わるのだろうかと考えた。まさか夜まで一緒というのは、ないだろうが。

ミニバンは来た道を戻り始めた。誠司は乗用車を一台挟んで、ミニバンを追いかけた。

『日暮れが早くなったね』

『そうだね』

誠司は空を見上げた。日差しはいつの間にか色を帯びている。

『このへんの道さ、高校のとき、通学路だったよね』

『君にはね。俺の通学路は、駅の向こうだった』

『あれ、そうだっけ？　だけどよく、帰りに会……』

何かに気づいたように彼女の言葉が途切れた。

『もしかして、あれ、そういうことだったの？　あたし、偶然いつもそのへんで会うんだと思ってたんだけど。待っててくれたの？』

アツシは答えない。

『うわ、そうだったんだ。へええ、嬉しいなあ。そこまでしてあっちゃんは、あたしに会ってくれてたんだねえ』

あっちゃん。突然の綽名《あだな》に誠司はむず痒《がゆ》いような気分になった。

アツシは無言のままで、彼女だけが喋っている。

『懐かしいなあ。このへん。制服着て歩いてた頃が遠い昔だよね。寄り道するのも楽しかったな。ちょっと遠回りになるけど、行かない？　昔よく行った駄菓子屋、まだあるでしょ？』

短い、けれど重い沈黙が落ちた。

『……うん』

誠司は思わずイヤホンに触れた。アツシの声の硬さが気になったからだ。

しかし彼女のほうは、変わらない明るさで応えた。

『久しぶりだね、楽しみ！』

すぐに駄菓子屋に着いた。木造家屋の一階部分が店舗になっていて、柱は黒く、店先には大量の菓子の箱の横のイスに、小さなおばあさんが座っている。

誠司は店の前を通り過ぎてから、住宅のブロック塀の横で車を停めた。

店先でイスに座っていたおばあさんは、二人が近づくと顔を上げて口を動かした。可愛らしい雑音にしか聞こえなかったが、「いらっしゃい」と言ったのかもしれない。

彼女が元気に返事をした。

『こんにちは』

それから小声でアツシに言う。

『あのおばあちゃん、お元気だったね。すごいね』

『うん。いくつになったんだろうな。俺らが高校のときから変わらないように見える』

『確か息子さんがいたよね。あたしたちが卒業する前に、都会に行っちゃった』

『あのとき、おばあちゃん寂しそうだったな』

二人の姿が店の中に消えると、誠司の頼りはふたたび音声だけになった。二人は懐かしい駄菓子の名前を読み上げ、これはおいしかった、今でもあるなんて驚きだ、と言い交わしている。ただ相変わらず、彼女の声は明るく、アツシの口調は強張っていた。

『子供の頃は、いつか大人になってお金持ちになったら、好きなお菓子をいっぱい買うんだって思ってたな。でもいざ大人になってみると、食べたくなくなっちゃって』

『食べたくなったわりには、ずいぶんカゴに入れてるけど』

『たまにはね。思い出を補強するために』

『補正じゃなくて、補強？』

『そう。昔とおなじ味で、あの頃の記憶を補強するの』

女はさらに二品三品、カゴに放り込んだらしい。鼻歌さえ歌いながら、イスに座っているおばあさんのもとにやってきた。誠司がいる場所からは見えないが、そこにレジがあるのだろう。

『おばあちゃん、これお願いします』

彼女は大きな声で言ったが、老婆の返事はなかった。

あれ、と思ったのだろう。移動する足音が聞こえた。おばあさんの横から声をかけていたのだが、正面に回り、腰を屈めた。アツシは彼女の様子を店内から見ているのか、誠司の位置からは、確認できなかった。

『お会計、お願い、します』

叫んだところで、イヤホンから初めて聞く男の声が飛び込んできた。

『はい、お待たせしました』

店の奥からもう一人、誰かが出てきたのだろう。声色から中年の男性であるようだ。

『なんだ、母さんいたのか。すみませんね、母さん、耳が遠いから。ねえ、お客さんがお会計だよ』

男の声はそれほど大きくはなかったが、おばあさんはすぐに応じた。

『ああ、はいはい、じゃあ、いただきますよ』

何かを弾く音が聞こえてきた。へえ、と彼女が感心した。レジではなく、そろばんを弾いているのだろう。

その音に、中年の男の声が被さった。

『すみませんねえ、おふくろ、店先に立つのが好きでね。年寄りの道楽だと思って、勘弁してやってください』

会釈くらいはしたのかもしれないが、アツシも彼女も返事をしなかった。

そろばんを弾く音が聞こえ続ける。

『お客さん、観光ですか？』

ふたたび聞こえて来た男の声は疑問で膨らんでいた。観光ですかと尋ねながら、それを自分で否定している言い方だ。

誠司は耳をすました。

張りつめた空気が、イヤホンを通して伝わって来る。

『……ヨシザキ君か？』

突然、男が囁いた。

軽く息を呑む音は、アツシが立てたものだ。

『――はい』

男が何かを言いかける音が切れ切れに聞こえた。異常を感じた誠司は、車のドアに手を掛けた。

そろばんを弾く音が止まり、おばあさんがのんびりと言う。

『はい、全部で五百二十三円です』

『えーっと。はい』

彼女の声には、男たちの異変に気づいている気配はない。

『どうも、えー……お釣りは七十七万円。袋はサービスです、おふくろさんだけに』

『あははは。おばあちゃん、おもしろい』

ビニールが擦れる音に混じって、男の切迫した囁き声が聞こえた。

『こっちに戻ったの？』

アツシに向けられた質問だとわかるものの、答える声は聞こえなかった。男は苛立ちを混ぜて続けた。

『彼女、誰？　付き合ってるの？　あのこと知ってるの？』

やはり、返事はない。

『まいど。また来てね』

『ありがとう、おばあちゃん。アツシくん？』

『……うん』

二人が店を出る気配がして、男がはっきりと言うのが聞こえた。

『もう来ないでくれ』

店から出て来た二人は様子が変わっていた。彼女は背筋を伸ばし、男の言葉を背中で非難しているように見え、アツシは青ざめて俯いている。運転席に戻ったアツシはすぐに車を発進させたので、誠司は追いかけようとした。だがミニバンは、駄菓子屋から見えなくなったあたりまで来ると停まってしまった。

車の中で、二人はしばらく身動きしなかった。しかしやがてアツシがハンドルに顔を埋めた。後ろ姿からも、泣き出したのだとわかった。

彼女がアツシの背中を摩っている。

『……昔の万引きのことなんか、気にすることないよ』

アツシの肩が止まった。彼女は続ける。

『ヤな奴だったね、あいつ、おばあさんの息子かな。帰って来たんだね。それで子供の頃のことを蒸し返して、客にあんなこと言うなんて、ないわ』

アッシが顔を拭うのが見えた。

『……うん。ごめん、なんか……』

『謝ることないよ。もう少し泣いてもいいし』

『俺には、泣く権利なんか、ほんとは……』

彼女の手が、アッシの言葉を咎めるように止まった。

『もう、大丈夫。行こう』

ミニバンはふたたび動き出した。

誠司はついて行きながら、ここまでの自分の想像が間違っていたことを思い知った。駄菓子屋の男の態度はあきらかに、アッシを警戒していた。子供時代の万引きを責める態度ではなかったし、大人になったアッシを見て、男はなぜ彼だと見抜けたのか。

ヨシザキ。アッシの苗字《みょうじ》。誠司はポケットの中のスマホを取りたかった。漢字がわからなければ検索しても出てこないかもしれないが、調べずにはいられない。

ありがたいことに、ミニバンはまっすぐに最初の家に着いた。誠司は木の陰に車を停めて、荷物を下ろす二人をちらちらと窺いながら『ヨシザキ　アッシ』を検索した。だが案の定、字がわからないのでは、膨大な結果が出て来る。Facebookに姓名判断のサイト、スポーツで賞を取った高校生……。二人が家に入ってしまったので、誠司は調べるのをやめた。

玄関扉が閉まった直後、アツシが言った。

『ありがとう』

彼女が、ん？　と訊き返した。

『ありがとう、本当に。……ユキさん』

誠司の心臓が不穏な音を立てた。呼応するように、イヤホンからは静けさが伝わって来る。

『やだな、アツシくん。名前、間違えてるよ』

だいぶ間を置いて、彼女が言った。明るい口調はそのままだが、忠告をする尖《とが》りが含まれていた。

『ほら、早く持ってっちゃおう。お菓子、少し食べたいな』

アツシは答えなかったが、スリッパを引きずる足音が二人分、廊下を渡って行った。

誠司は思わず車から降りた。一歩、住宅のほうへ歩んで、仕方なく立ち止まった。

さすがに乗り込む段階ではない。かといって、違和感を無視するのは危険だ。これがただのごっこ遊びだとして、他の仕事と比べたら平凡で、だからこそ胸が痛むと彼女は言ったのかもしれない。しかし、何度も繰り返しているのなら危ない。ユキは気づかないのだろうか。

その男は、妄想と現実の区別がつかなくなってきている。

リビングダイニングに入った二人は、買ったものを片付けながら会話を再開した。夕食は生姜《しょうが》焼きだとか、この駄菓子は昔よりサイズが小さくなったなど、恋愛ごっこの平常運転に戻っている。

『あ、これおいしい。昔よりおいしくなってる。もう一個食べたら太っちゃうかな？』

『別にいいじゃん。トウコが太ったくらいで、俺は嫌いにならないよ』

何気ない会話も、今は危険な兆候を含んでいるように聞こえる。

誠司は門に近づいた。錆が目立つ門柱の上部には、表札の跡らしき長方形がある。苗字の漢字がわかると思ったのに、という悔しさと、なぜ表札が剝がされているのだろうという疑問の両方を感じた。

焦りが誠司を苛立たせた。あらかじめ命令されていない限り、彼女の仕事に手を出さないのがルール。しかし今は、自分の直感に従うべきかもしれない。それに、何もなければ車に戻って、素知らぬ顔をしていればわからないはずだ。

誠司は門を開けた。できるだけ静かに押したつもりだったが、錆びた金属は掠れた音を立てた。どきりとして身動きをやめたが、イヤホンからは夕食の支度にとりかかる音が滞りなく聞こえて来る。誠司は思い切って門を押し、隙間から敷地内に滑り込んだ。

リビングダイニングがある部屋は、相変わらずカーテンが引かれている。

注意深く庭を進んで、誠司は家の反対側に回った。どの部屋の窓も、雨戸が閉められたままか、あるいは、カーテンが引かれていた。リビングダイニングから遠い部屋の窓を開けようとしてみたが、びくともしない。誠司はだんだんと住宅の裏手に進んで行った。

ブロック塀の隙間に身体を入れた時、少しだけ隙間がある曇りガラスの窓が目に留まった。形状からして、洗面所かトイレの窓だろうと思った。

イヤホンからは相変わらず、何気ない言葉のやりとりが流れ込んでくる。家事を手伝うくらいは当たり前だ、とアツシが言えば、彼女が〝手伝う〟という言い方がすでに間違いだ、と指摘する。アツシが不満そうになぜなのか訊き返す。

曇りガラスは誠司の頭の位置にあった。腕を伸ばして窓に触れると、ガラスはきしみながらも横に動いた。

『生活するなら家事はついてくるものでしょ。一緒に暮らすのに、片方だけしかやらないって変だよ』

『それは俺と、これからも生活してくれるっていう意味？』

『そうでしょ？　違うの？』

『……違わない』

込み上げて来る焦りに任せて、誠司は窓を動かした。なんとか体が入る隙間を作ると、縁に手を掛けて上半身を入れる。顔を突っ込んだそこは、洗面台の真上だった。大きな音を立てないように注意しながら、洗面台に手をついて上半身を支え、少しずつ横にずれながら下半身も室内に入れる。床に両足をついてほっと息をついた誠司は、洗面室を見回した。すぐ横には木製の扉、反対側には擦りガラスの引き戸がある。

夕日の色に染まる室内を眺めていると、何かが引っ掛かった。

洗面台も、その横に据え付けられた棚も、設備は古いがきれいに掃除されている。わずかな水滴は、帰宅した二人が手を洗った痕跡だろう。ハブラシは青いコップに入れて洗面台の縁に置かれており、カミソリとシェービングクリームは棚に、タオル掛けにはタオルがある。あるべきものがあるべき場所にある。が、すべてのものがきちんとしすぎていて、置かれたばかりのようによそよそしく見えるのだ。

洗濯機置き場には何もなく、ホースが埃《ほこり》を被っている。

誠司はふと気になって、洗面台の下の扉を開けた。タオル類や歯磨き粉の予備を貯蔵するそこは、空っぽだった。違和感に動かされるまま、風呂場の引き戸を開けた。風呂場は乾燥しきって、プラスチック製の湯船にはヒビが入っていた。

誠司はぞっとした。ここは、普段は使われていない家だ。恋愛ごっこのためにだけ、稼働させられている――

　木製の扉に手を掛けたところで、誠司は自分に「待て」と命令した。焦るのは仕方がない。何もかもおかしいから。しかし、まだ何も起こっていない。ただ恋人を演じるだけの仕事をしている彼女を止めたりはできない。

　誠司はイヤホンに耳を澄ました。

『生姜はね、生を磨るのに限るよ』

『で、それを俺にやらせると』

『手があいている人がやるものでしょ。サラダは私が作るから』

『葉っぱちぎってボウルに入れるだけのほうが楽じゃない？』

『アツシくんの手じゃ、レタスが大きすぎるんだよ』

　誠司の心配をよそに、二人のやりとりは平凡を楽しんでいる。しかし安堵はできなかった。この家の違和感を思えば、会話の穏やかさが逆に恐ろしかった。

　そういえば、と誠司は思った。朝食を摂《と》る時も、車の中でも、二人はいちどもテレビやラジオを点《つ》けなかった。今も、二人の言葉以外は聞こえてこない。それに長瀞を散歩しているあいだ、彼女もアツシも写真を撮らなかった。スマホを手に持つことさえしなかった。

　表札のない、空っぽの家。情報を入れない一日と、駄菓子屋の主人の反応。繋がりそうでいて繋がらない、いびつな点。

彼女の仕事を覗くようになって、何度も危険を感じはしたが、今ほど苛立たしい時はなかった。

食事ができあがったらしい。イスを引く音と二人の声が合わさった。

『いただきます』

『……いただきます』

誠司は、そっと扉を開けた。扉は音を立てずに開いた。向こう側は廊下だ。夕食の匂いが漂ってきた。

廊下に出ると、片側は突き当たりで、もう一方の先は二股に分かれていた。玄関とリビングダイニングがある方向だと、誠司は当たりをつけた。

足音を忍ばせながら進む。

イヤホンからは、食事をする音が聞こえていた。

『おいしいねえ』

『うん。……あのさ』

アツシが箸を置く音が聞こえた。

『大事な話をしていいかな？』

『え？』

『……大切な話』

彼女も食事をする手を止めたようだった。

『何？』

『うん、あの。……これからも、ずっと一緒にいて欲しいんだ。結婚して欲しい』

『結婚？　そんな話、今する？』

彼女の返事は、芝居を壊さないように注意を払いつつ、予定にない台詞を入れてはだめだよとアッシに警告している。

誠司はあやうく舌打ちをするところだった。ほらみろ、やっぱりそいつは勘違いをしているじゃないか。

『真剣な話なんだ。君と家族になりたいと思ってる』

『アツシくん、それはだめだよ』

彼女がやんわりと言うと、アッシは沈黙を返した。

誠司は動くのをやめ、集中した。このまま仕事上の契約違反だからと彼女が立ち去るならそれでよし、ごっこ遊びを続けるのでも構わない。

『だめ？』

アツシはしつこく食い下がった。

『無理。ごめん。ね、食べよ？』

イスが動く音が聞こえた。

『アツシくん？』

彼女の声音が変わった。

『どこ行くの？……ちょっと、何でそんなもの――包丁を置いて』

誠司は息を呑んで廊下を曲がった。玄関の反対側に伸びた廊下には扉が並んでいる。頭の中に外から見た住宅の姿を描き、目星をつけた扉を開ける。しかしそこは、薄暗い和室だった。

何かが倒れる音が、廊下の突き当りから聞こえた。イヤホンからも。

『やめて、アツシくん、落ち着いて！』

誠司は床を蹴って、揉みあう音が聞こえて来る扉を破る勢いで開けた。

料理の匂いが漂う部屋の中央で、彼女とアツシが立ったまま重なっていた。アツシが彼女を刺したように見えた。誠司の胸が暗くなる。ほら、だから言ったじゃないか――君がしていることを打ち明けられた日に……そんな危ないことはやめろって――

「ユキ……」

呟いた誠司の前で、アッシの体がゆっくりと傾き、倒れて行った。

新しい絶望が誠司を打ちのめした。揉みあっているうちに彼女が包丁を取り上げて、アッシを？

誠司はスマホを取り出し、救急に通報しようとした。

「だめ」彼女は鋭く言った。「大丈夫だから」

誠司は呆然と彼女を見た。大丈夫なわけがない。早く通報しないと死んでしまう。君を殺人犯にするわけにはいかない。ほら、アッシの腹からあんなに血が……。

そう言おうとして目を落とした誠司は、仰向けに倒れたアッシを見て驚いた。アッシの服はまっさらで、傷があるようには見えない。彼女の手元を見ると、確かに包丁を握ってはいるが、刃には一滴の血もついていなかった。

「……どうして……」

彼女が自分の口元に指をあてがったのを見て、誠司は口を閉じた。倒れたままのアッシにもういちど視線を落とす。アッシは目を閉じ、身動きをしない。本当に死んでいるかのようだが、かすかに胸が上下しており、うっすらと微笑んでいる。

近づいて来た彼女が誠司の腕に触れ、囁いた。

「出ましょう」

彼女が包丁をテーブルに置くのを、誠司はぼんやりと見守った。

＊

外はすでに暗かった。冷たい風に撫でられ、誠司はやっと呼吸ができた気がした。

門を出て、車が停めてある大木の近くまで来ると、彼女はやっと話をしてくれた。

「彼はヨシザキアツシ。字は、大吉の吉に宮崎県の崎、竹冠に馬と書く篤」

吉崎篤。名前の漢字がわかっても、誠司はスマホを取ろうとは思わなかった。

彼女は腕を組んで家を見た。誠司も、彼女の視線を追いかけた。真っ暗な家の、カーテンが引かれたリビングダイニングだけが明るい。

誠司は、彼女の横顔に目を戻した。

「今でも調べればすぐに出て来る。彼は十五年前、十八歳の時に、この家で恋人を殺した」

誠司が短く叫ぶと、彼女は頷くように顎を引いた。

「相手は幼馴染《おさななじみ》で、高校は別々だったけど、付き合いは続いたの。近所では有名なくらい、仲がいいカップルだったそう」

「それが、トウコ？」

「そう……。高校を卒業後、トウコさんは地元で働き始めたけど、篤君は東京の大学に進学した。篤君は新しい世界に夢中になって、次第に彼女から心が離れていった。たまに家に帰ると当然のように彼女が会いに来て、将来の話をした。両親も公認の仲だったから、別れを切り出すのは難しかった。だけどある日、篤君のご両親が留守の休みの日。一緒に過ごしたあと、二人きりで夕食を摂りながら、篤君はトウコさんにとうとう別れを告げた。彼女は混乱して、刃物を手にしながら暴れて……」

彼女は溜息とも吐息ともとれる淡い呼吸を挟んだ。

「わざとじゃなかった、らしい。そんなことするつもりじゃなかった、と本人は言ってる。ただ止めさせたかった、刺されたくなくて夢中で……気が付いたら、彼女に包丁が刺さってたって」

「そんなの、本当はどうか……」

「うん。ただね、彼はすぐに救急に通報してる。でも即死だった。刺さった場所が悪くて、出血性ショック。十八歳は未成年だった時代だから、彼の名前は報道では出てない。でも地元の人は知ってるし……ネットにも、探せば顔と本名が出て来る」

誠司は駄菓子屋の男の態度を思い出した。

おばあさんのほうは相手が事件を起こした篤だとはわからなかったか、もしかしたら、気づかないふりをしてくれていたのか。

「私には彼の罪を裁く権利はない。彼がしたことについて思うことは、仕事に持ち込まない。篤君が私に頼んだのは、彼女が死んでしまった日をそのまま再現して、最後に自分を殺して欲しいということ」

「再現？」誠司は思わず口を挟んだ。「今日のデート……あれは、全部？」

「そう。会話も、食べたものも、船に乗ったのも。運転、ずっと篤君がしてたでしょ？ トウコさん、あまり運転が上手じゃなかったんだって」

誠司が浮かべた表情がよほど思い詰めていたのか、彼女は宥《なだ》めるようにそっと笑った。

「ご両親が亡くなったあとも、篤君は家を処分しないでいる。普段は別の土地で暮らしているのに、私と会う日だけ戻って来る。そのために電気やガスの契約を続けて、生活用品は、その日だけ揃える。駄菓子屋に寄るのはいつものことだけど、おばあさんの息子がいたのは予定外だった。万引きの話は咄嗟に作った嘘。篤君はトウコさんを刺してしまうまでは暴力とは無縁だった。再現度を上げるために、私達はテレビもラジオも点けないし、スマホも手に取らない」

彼女が家を見つめ続けているので、誠司も顔を向けた。リビングダイニングに灯《とも》った明かりは、なぜかさっきよりも小さくなっているように見えた。

「これが、彼なりの償い……だと思ってた。でも今日、もしかしたらもうひとつの意味があるんじゃないかと思った。彼、微笑んでいたでしょう」

「うん……」

「篤君はもしかしたら、トウコさんに刺して欲しかったのかもしれない。あの夜、家には篤君とトウコさんしかいなかった。別れを切り出したのは、本当に篤君だったのかな。トウコさんからだったとしたら、包丁を持ち出したのはどっちだったのかな。あるいは篤君から別れたいと言ったのだったとして、本当に篤君は、包丁を取り上げてトウコさんを刺したのかな？」

誠司は考え込んだ。さまざまな想像が、まるでそこにいたことがあるように鮮やかに、誠司の脳裏を過った。けれど結局、事実はわからない。確かなのは、死んでいるつもりの篤がとても幸せそうに見えたことだけだ。

気が付くと、彼女が誠司を見つめていた。暗闇の中で、二つの瞳は黒い月のようだった。

「恋って何なんだろうね。もしかしたら私たちは、ずっと見ていたい幻《まぼろし》のことを、恋って呼んでいるのかな。誠司君、もうすぐ、一年になる。約束した冬が来るね」

そう言うと彼女は目を閉じた。瞳が隠れた彼女の顔は、雪景色のようだと思った。

馬鹿なことをしようとしていると思う。

鏡と向かい合って、畑野絵美《はたのえみ》は映る顔を見つめた。学校のトイレは放課後でも賑わっている。特に鏡の前は、化粧をする女子がひっきりなしに使用する。絵美は色付きのリップを手にしているが、それは鏡の前に居続けるための小道具で、本当は自分の目を見つめたかったのだ。

こんなことをしようとしている馬鹿な女の子は、どんな目つきになるのか。今日これからしようとしていることを思いついた時から、当日になったら鏡を見ようと決めていた。きっと今までに見たことがない、怖い顔をしている。そう思っていたのに、鏡に映っているのは普段と何も変わらない自分自身だった。

なあんだ、と思うのと同時に、怖くなった。恐ろしいことをしようとしているのに顔が変わらないのなら、絵美の顔はもともと、悪人の顔だったということになる。

「あ、絵美」

唐突に名前を呼ばれて、絵美は肩を揺らしてしまった。声がしたほうを向くと、隣に立ったクラスメートが絵美の手元を見ていた。

「それ可愛いね。どこの？」

リップのことを言われているのだとわかって、絵美はなんとか微笑んだ。メーカーを教えると、クラスメートはスマホのメモ帳に打ち込んだ。

もし、これからしようとしていることが最悪の結末を迎えるとしたら――と絵美はクラスメートの顔を眺めながら考えた。彼女はこのリップと同じものを買うだろうか。ニュースになるようなことがあっても、十七歳の絵美の名前は出ないが、警察沙汰になれば絵美はしばらく学校に来られないから、噂くらいは聞くだろう。行動する直前に話したのが自分だとわかれば、きっと苦い心持ちになるに違いない。

絵美は素早く唇にリップを滑らせ、クラスメートに挨拶をしてトイレを出た。

放課後の華やいだ雰囲気を避けるように学校をあとにする。

絵美が通う学校は目白にあって、都心の中では緑が多いところだが、顔を上げれば高層ビルが見える。校門を出るとすぐに大通り沿いの歩道があり、直進すれば駅だ。晴天なのに凍るような冬の平日でも、都会は人通りが尽きない。歩いていると、通行人からの視線を感じた。絵美が通う高校の制服は、コートのデザインまで可愛らしいのが有名で、こうした視線を向けられるのは慣れている。とはいえ今日は、目立ってはいけない。

駅に着いた絵美は、コインロッカーを開けた。朝のうちにしまっておいたスポーツバッグを引き出して、トイレに向かう。

スポーツバッグの中には、自宅から持って来たセーターとパンツ、ダウンジャケット、そして小ぶりなバッグが入れてある。個室で着替えた絵美は、通学鞄と制服をスポーツバッグに入れた。コートがかさばったが、上から押して詰め込み、肩にかけた。トイレを出る前に鏡を見ると、制服の時と変わらない自分がいた。服は手持ちの中から大人びたものを選んだつもりだったし、唇は赤く染めた。それでも、どう見ても自分は少女だった。女の凄《すご》みと悲しみを持たない、瑞々しい子供でしかない。

どうして、わたしは『こんな』なんだろう。

絵美自身の生い立ちを考えれば、もっと暗い目をして、処世術を身に付けているのが普通だ。友達の中には、あらゆる意味で大人である少女もいる。背伸びをしている子たちとは違う、生きている季節がすでに違う子。わたしはなぜ、彼女たちのようになっていないのだろう。いや答えはわかっている。そうなることを望んでこなかったからだ。もっとはっきり言えば、大人になることを拒んできたから……。

鏡像から目を背けて、絵美は胸に広がる焦燥を振り切った。今は精神を弱らせてはいけない。

列車に乗り、乗換駅のロッカーに立ち寄った。小ぶりなバッグだけを取り出して、スポーツバッグを預ける。鍵が閉まる音を聞きながら、わたしは今日、ふたたびこのロッカーを開けるだろうかと考えた。不安よりも力が湧いて来るのが不思議だった。

目的の駅まで、地下鉄で向かう。空いている車内では席に座り、絵美は鞄に入れておいたスマホを確認した。

何度も眺めたメモを、もういちど読む。一年前から入念に練って来た計画だった。途中、何度も失敗するかもしれないと思い、不安で眠れなくなり、それでもやめようとは思わなかった。中断を選択しない自分が可笑しくもあった。こんなことを、こんな動機で、なぜ行おうとするのだろう――そんなふうに問いかけてみても、絵美の心はあっけなく答えを返す。

だって、やりたいから。

知りたいから。……どうしても。

それだけの想いがとても強固で、絵美は改めて自分は子供なのだと思った。

大人はなにかと理由をつけて、自分の願望を制限する。望む通りに行動をした先で、生活に支障をきたすかもしれないからだ。わかっていても絵美は、自分の心に従う道を選んだ。

最後に、時刻と場所を確認した。

今日の日付、午後三時、日本橋の三越前駅近く、店の名前は――

緊張が身体を固くした。いくら都会に住んでいても、日本橋なんて行ったことがない。大人の街というぼんやりしたイメージしかなく、そんな場所で自分が浮かないか不安だった。

車両の揺れを感じながら深呼吸をした。今更やめたくはないし、やめるつもりもない。だからこそ落ち着いて事に当たらなければいけない。失敗したら、次はないのだ。

心を固めて移動時間をやり過ごした。駅に着き、降りる。初めて歩く通路は迷路のようで、時間に余裕を持って出たはずなのに焦った。なんとか出口を見つけて、外に出る。

出口の先には大通りがあり、しゃれた外観の建物が並んでいた。さっきよりも気温が下がったようだ。絵美はダウンの前を掻き合わせて歩道の端に寄り、マップで目的の店を確認した。大通りを挟んだ向かいのビルに、テナントとして入っているようだ。

横断歩道を渡っていると、心が落ち着いて来た。緊張よりも、やっと行動に移せるのだという喜びのほうが勝った。ああ、わたしはやっぱり子供だ。でも、子供で良かった。だからこんなことができる。

ビルに入り、案内図で店を探した。チェーン店ではないカフェは品のいい店構えで、コーヒー一杯が絵美の一日の食費とおなじくらいだった。こんな計算を咄嗟にしてしまうのは、絵美が高校生になってからずっと一人暮らしをしているからだ。

店の入り口をくぐる時は、さすがに顔が強張るのを感じた。そのせいで、制服を着た店員に挨拶をされた際、会釈を返すのを忘れてしまった。萎《しお》れそうになる心を叱咤《しった》して気持ちを強く保ち、店内を見渡す。近づいて来た店員に、「待ち合わせです」となんとか小声で告げた。店員は一礼して下がった。

平日の午後でも、席は大半が埋まっていた。そのなかから、若い女性の一人客を見つける。他に同じ種類の客がいないか観察したが、該当するのは彼女だけだ。待ち人の姿を探すように、テーブルの横の窓を見ている。

絵美は鞄のサイドポケットに触れ、そこに隠してあるものを確かめた。心が、鎧を身に着けたように強くなる。

勢いのまま近づき、真向かいに立って声を掛けた。

「『ゆき』さん、ですか？」

女性が振り返った。猫のような目が絵美を映し、不思議そうな表情を浮かべる。

「……あなたは？」

見事だな、と絵美は感心した。いきなり話し掛けられたのに動揺を見せない。それに、美しいひとだ。顔のつくりだけでなく、一瞬の表情や仕草が繊細で、惹きつけられる。

考えるでもなく、絵美の脳裏に言葉が浮かんで来た。この人が、わたしのあのひとを壊した女なのか。直《じか》に会えば憎しみを感じると思っていたが、こうして目にすると、心には納得しかない。

絵美はゆきの向かいのイスに座った。

「わたし、あなたの仕事を知っています」

さすがに驚いたようだった。

ゆきの長い睫毛が震え、口元がかすかに揺れた。そんな表情であっても、ゆきを取り巻く美は消えなかった。

「まず、あなたの名前を教えてください。苗字とか、どんな字を書くのか、とか」

絵美が着席したのを見計らったのか、店員が近づいて来た。絵美はホットの紅茶を頼んだ。

店員が茶葉の種類について訊いて来たので、おすすめのものをと素早く言った。

店員が立ち去ると、ゆきは淡く微笑んだ。

「ゆきは空から降る雪。苗字まで言わないとだめかな?」

絵美はつられて微笑みそうになる自分に気づいて、急いで心を引き締めた。だめかな?と問われた部分については束の間、考えてから答える。

「いいですよ。雪さん、ていうんですね」

「あなた、名前は？」

質問に答えることなく、絵美はスマホを構え、素早く雪の写真を撮った。できるだけ速く動いたが、それでも雪には顔を背ける時間くらいはあった。しかし彼女は、受けて立つように正面を向いたまま身動きしなかった。雪はそっと目を細めた。わずかな変化なのに、それだけで刃物のように心を切りつける表情になった。

「わたしはあなたの仕事がどういうものかを知っています」絵美は繰り返した。

雪が何も言わないので、続ける。

「この写真と名前をばら撒かれたら、あなたはもう仕事ができなくなりますよね」

雪は細めていた目を閉じ、ふたたび開いたときには、心を見せない光が瞳を覆っていた。

「……脅しに来たの？」

絵美の心の端をつまむように可愛い言い方だった。それが気に入らなかったわけではないが、絵美は雪のほうに手を伸ばした。本当はもう少し、おしゃべりをしてからでいいと思っていたのだけど。

「電話を貸してください」

雪は束の間、逡巡《しゅんじゅん》する様子を見せたが、結局バッグからスマホを出して起動し、渡してくれた。

揺が広がっていった。

「ありがとう」

雪の目を意識しながら、番号を押す。辿っている数字を読むうちに、雪の顔にかすかな動揺が広がっていった。

＊

待ち合わせは午後三時。遅れないのは当然として、早く着いてもいけない。先に待っているのを見ると彼女はちょっと悲しそうな顔をする。笑って、からかうように、そんなに私に会いたかったの、と言うが、その時の声に混ざっている一滴ばかりの苦しみが、誠司には見えている。

ホームに降りたところで、腕時計を見た。二時五十分。待ち合わせの店の場所は把握しているから、ちょうどか、二、三分前に着くだろう。

地上に伸びる階段を上っている途中で、スマホが鳴った。

雪からだった。

「はい？」

出たが、返事はない。

誠司は足を止めた。

「雪？　もうすぐ着くけど？」

かすかな吐息に続いて、不明瞭な女の声が聞こえた。

『誠司さん』心臓が重い音を立てた。この声——というより……。『わたしです。藜子《れいこ》です。まだ、忘れていませんよね』

この独特の話し方。

名前よりも口調でありありと思い出した。どうして彼女が。それも今日、この日に。

『雪さんを脅迫します。これから都内のあちこちに彼女を連れ回しますから、わたしたちを見つけてください。また連絡します』

ぼそぼそと低い声は、そう言うといきなり切れた。誠司はすぐに掛けなおしたが、呼出音が鳴るばかりで相手は出ない。

急いで階段を駆け上がった。動揺している時ほど、自分の脚が重く感じられるのはなぜだろう。


絵美は雪のスマホの電源を切り、自分の鞄にしまった。

「蓼子さん、というの？」

「はい」

尋ねた雪を見据えて言い切る。雪はさらに何かを訊きたそうな様子を見せたが、口を閉じた。代わりのように、改めて質問をする。

「誠司君を知ってるの？」

「恋人だったんです」

言い切った時、雪の目が揺れた。傷ついている顔ではなく、それはないと断言しようとしている表情だった。

聞きたくないと思った絵美は席を立った。

「出ましょう」

雪はかすかに迷ったようだったが、逆らわずに従った。紅茶を持って来た店員と目が合い、絵美は戸惑ったが、雪が「用事ができてしまって」と素早く言った。会計も、雪が絵美のぶんまで支払った。

「こんなことしたからって、優しくなんかしませんから」

店を出たところで言うと、雪はそっと頷いた。仕草の柔らかさが、無条件の魅力となって心に染み込んだ。絵美はなんとか踏ん張った。同時に、納得もした。こんな人でなければ、恋愛の便利屋なんて務まらないだろうと。

「これから私を連れ回すと言ったけど、どこに行くの？」

絵美は雪を無視してタクシーを停めた。運転手に、有楽町線の小竹向原《こたけむかいはら》駅まで、と告げる。

雪が不思議そうな顔をしたのがわかったが、無視した。

運転手の耳があるので、車内では会話はしなかった。車に揺られているあいだ、絵美は自分のスマホを取り出して、保存してあるメッセージアプリのやりとりを読んだ。雪に読まれても構わないと思っており、彼女が覗き込んでいるか確認するために横を見たが、雪は窓のほうを向いている。

絵美の気持ちはかすかに騒いだ。こんなに落ち着いているのは、雪から見た絵美が子供だからだろうか。雪の仕事を考えれば、個人情報を握られているというのは致命的であるはずだ。今だって、その気になれば絵美からスマホを取り返してさっきの写真を消せるのに、腕を動かす気配はない。

「慣れているんですか？」

運転手を意識しながらも、訊かずにはいられなかった。

雪は絵美のほうに顔を向けて「何が？」と尋ねた。まるでスマホを取り戻すつもりはないから安心してねと言わんばかりに、腕を身体の前で重ねている。

「こういう状況です。落ち着いているから」

言いながら、絵美は運転手の後頭部に視線を置いていた。年配の男の運転手には、間違いなく自分たちの会話が聞こえているだろう。彼の耳は毎日、二度と会わない他人の人生の欠片《かけら》を拾うのだと思うと、おつかれさまと言いたくなった。

雪は考えるように首を傾げた。

「……そんなにあることじゃないかな。はっきり言ってしまえば、初めて」

「本当に？」

「どうして、嘘をついていると思うの？」

絵美は自分がどんな表情を浮かべているかわからなかったが、はぐらかすように微笑んで目を逸らした雪の姿からして、苦い顔ではあったようだ。

やがてタクシーが駅に着き、絵美は雪が財布を取り出す前に支払いを済ませた。一日分のバイト代が飛ぶ金額だったが、何でもないふうに振舞おうと努力した。

豊洲《とよす》方面へ向かう電車に乗り込み、ドア脇のスペースに並んで立ってから、絵美は尋ねた。

「人に心を開かせる秘訣《ひけつ》ってあるんですか？」

厳しい目で雪を睨んでいることが感覚でわかった。雪は静かに絵美を見つめたが、もう微笑んでは来ない。

「……わたしが、そういう手段のようなものを使っている、と思ってるの？」

「はい」

雪はゆっくりと頭を振った。

「技術のようなものは何も。そんなものを学んだり、使ったりしなくても仕事はうまくいったから。心理学くらいなら、齧る程度に」

「でも、それで、あのひとを……」

「誠司君と恋人だったというのは本当？」

雪が誤解したのがわかったが、むしろ好都合だった。絵美は語調を強くした。

「嘘だと思うんですか？」

「嘘、でなかったとしても、何かの思い違いがあるんじゃないかと思って」

雪の目が素早く絵美の全身をなぞったので、絵美は彼女が何を言いたいのか理解した。

だが、反論はしない。絵美が知っている話が事実だったとしたら、迂闊な言い合いはこちらの不利になる。今はただ、雪を連れて行くことだけが優先だ。

絵美はどうとでも聞こえる言葉を選び、音に変えた。

「わたしにとっては本当のことです」

雪の目が探るように輝いたが、彼女は「そう……」とだけ言った。

豊洲駅に着くまで三十分以上かかる。ずっと立っているつもりだった絵美もさすがに疲れてしまって、雪と一緒に空いている座席に腰を下ろした。各駅停車なのでひっきりなしに扉が開くが、雪は逃げるそぶりを見せない。会話もないので、次第に絵美は気味悪く感じてきた。

「そんなに、個人情報をばら撒かれるのが怖いですか」

隣に座っている若い男がイヤホンをしてゲームに夢中になっているのを確かめた上で質問をした。

「うん？　まあ、そういうことをされたら厄介だけど。でも、もうひとつ気にはなってる」

「何がですか？」

「あなたのことよ」

絵美は込み上げて来た冷笑の衝動を、我慢せずに口元に上らせた。

「誠司君があなた以外の女と付き合っていたのが、ショックですか？」

「……いいえ」

間があったのは動揺しているようで嬉しかった。しかし、そこから続いた言葉は絵美を困惑させた。

「どちらかというと、あなたがしていることのほうに興味がある。あなたはわたしを脅迫してる。だけじゃなくて、もっと過激なことも考えてる。バッグのポケットに何を入れてるの？」

冷たい風が身体の中を吹き抜けたようにぞっとした。

隣の雪を見ると、彼女は長い睫毛をこころもち伏せて、絵美が膝にのせた鞄を視線で指している。

「カフェでわたしに声を掛ける前、あなたはサイドポケットを撫でるような仕草をした。その途端、緊張していたあなたの表情が穏やかになった。そこに、あなたの心を強くするものが入っているんだなと思った。そういうものは大抵、お守りとか、大事な品物とかだけど、犯罪を行う場合は武器だったりする。アメリカなら銃ね。ここは日本だから、刃物かな？」

いよいよ心が冷たくなった。ここまでのあいだに何度か見た、雪の可愛らしい表情や仕草が日なたの暖かさを持っているとしたら、今の分析は真冬の風のように感情を攫《さら》ってしまう。

「……見てなかった」なんとか声を絞り出した。「あなたは、窓のほうを向いてた」

「ガラスに反射していたのよ。それに仕事柄、わたしは人をつい観察してしまう。それで、刃物で正解？」

絵美は反射的に鞄のサイドポケットを押さえた。そんなことをすれば弱さを見せつけることになるのはわかっていたが、咄嗟に動いてしまったのだ。

雪は、彼女の隣に座っている乗客に聞かせないためか、顔の片側を拭う仕草をしながら言った。

「それでわたしのことを刺そうとしてる？　だったらなおのこと、あなたに興味がある。話してくれたら嬉しいな、どうしてこんなことをしてるのか」

絵美は目だけを動かして雪を見た。雪はこころもち、こちらに顔を向け、真剣な目をしている。

「ね。それに、どうしてわたしを恨んでいるのか、わたしにわからせたいんじゃない？」

心がまた、くんっと引かれた。絵美の脳が勝手に言葉を作り、喉が動いて音にしようとする。絵美は急いでその衝動を止めた。

「黙って。もう、黙って」

それだけ言うのが精一杯だった。

＊

『嘘』から始まった恋だった。

お世辞にも居心地がいいとはいえない家庭から離れて、東京の片隅で一人暮らしを始めた春。まだ寒い季節を狭いアパートで送る日々は、孤独を感じるばかりだった。

そんな頃に覚えた遊び。

朝、早く起きて、地下鉄に乗る。住み始めた最寄り駅からは、乗り換えなしに東京湾沿いの地域まで行けた。アパートがある街は、急行が停まらない、平均的な住宅街だが、海辺の街にはタワーマンションと新築の高層ビルが並んでいる。最先端の技術とデザインで築いた現代のバビロン。しかも今や、罰する神などいない。街はただ美しく、海を囲んで輝いている。

そんな街に始発電車で行き、ゆっくりと明るくなっていく遊歩道を散歩した。できるだけ荷物は持たず、服も普段着で。そうすると、犬を散歩させている人や早朝出勤の人が、こちらを近所の住人だと勘違いして挨拶してくれる。贅沢な街で暮らしている人たちの中で、その瞬間だけは自分も、豊かで恵まれた人になれた。

何度か繰り返しているうちに、夜明けの時刻は早くなり、東京湾に続く河口の美しさも見慣れたものになった。薄いジャケット一枚で水辺の遊歩道を歩けるようになった頃、彼に出会った。

聳えるようなタワーマンションの玄関から出て来た、若い男。すっと伸びた脚と、グレーのスーツが似合っていた。富と容姿に恵まれた人間もいるのだなと、嫉妬半分、憧れ半分の気持ちで眺めた。

男がこちらを見た。美しい目をしていると思った。胸の奥にすっと光が射《さ》すように、理屈ではない魅力を感じた。

目が合った途端、男は微笑し、会釈をした。自分の見た目の影響力を理解していることが、ありありと伝わって来る仕草だった。

一瞬遅れてこちらが頭を下げた時には、男はすでに背を向けて歩き出していた。

二度目に会った時、彼は普段着姿で遊歩道にいた。柵に両手をのせ、静かな海を眺めている様子に、声を掛けようか迷った。男はこちらに気づく気配はなく、澄んだ目を遠くに投げている。考え事を邪魔してはいけないという思いと、彼の声を聞きたい気持ちがせめぎ合い、後者が勝った。

おはようございます、と声を出すと、男は瞬《まばた》きをしてこちらを見た。きれいな目だ、という印象は、近くで見た時のほうが深かった。

相手も同じ挨拶を返した。そのまま擦れ違うべきだったが、つい、意図的なものを感じさせる時間、男を見つめてしまった。

あ、この間の、と彼は顔を明るくした。はい、とこちらも答えた。

——お散歩ですか。

――はい。

――近くにお住まいですか。

――ちょっと離れたところですけど……この辺《へん》が好きで。

――ああ、いいですもんね。

　嘘をついてしまったことで、早々に切り上げたくなった。じゃあ、と言うと、彼も同じ言葉を返した。最初の挨拶よりも親し気な響きになっていたような気がして、体温が上昇した。やめようかと思った。近くに住んでいるだなんて、そうだったらいいなと思っていた空想を、現実世界に持ち込んでしまった。バレたら恥ずかしい。けれど夜明け前に目を覚ますと、導かれるように地下鉄に乗ってしまう。

　何度か遊歩道で出会うと、もうそこが待ち合わせ場所のようになった。彼は東京で生まれ育ち、両親は郊外の家で暮らし、小さな会社の代表を務めているということだった。スマホアプリの開発会社で、彼が名前を言ったアプリのいくつかは手元のスマホに入っていた。名前は甲斐田《かいだ》誠司。

――わたしも東京で生まれ育ったんです。

――じゃあ、学校もこっちですか。

――はい。……×××です。

誠司のきれいな目の奥に何かがきらめいた。

——ああ、へえ。そこなんだ。

ぎくりとした。甘い魔法の時間にひびが入る音が聞こえた。

——あの、そこって……？

誠司が瞬きをすると、稲光のような光は引っ込んだ。

——そこ出身の、友達がいるから。

しまったと思い、不安のせいで、誠司が『友達』と言う前に挟んだ重い沈黙に気づくことはできなかった。

ありがたいことに、誠司は話題を変えてくれた。話を合わせながら、裕福で優しい両親の元で育った金に不自由したことがない女の子のふりをし続けた。テーマパークに行くために何時間もバイトをした経験や、自分のぶんの夕食だけがないテーブルの光景は、記憶の底に押し込んだ。

彼の前でなりたかった女の子を演じる。いつか潮時が来たら、この街に来るのをやめてしまえばいい。誠司は突然姿を見せなくなった自分を不思議に感じるだろうが、納得がいく解釈をしてそのうちに忘れるだろう。それまでの夢だ。

季節は巡り、早朝に吹く風さえ蒸し暑さを含むようになった。まだ長雨はないが、梅雨に入ればしばらくは誠司に会えなくなる。雨の日は来ないようにしていたし、誠司だって出て来るのは億劫《おっくう》だろう。

今日で最後。そう決めて、いつもの遊歩道に向かった。普段より少しだけいい服を着て、化粧もした。普段と違うと指摘されるとしても、最後に覚えていてもらう姿はできるだけ飾りたかった。

その日の誠司は、会った時と同じグレーのスーツを着ていた。

――話をしに来た。たぶん、そろそろ君が散歩をやめるんじゃないかと思って。

絶望が、鎖のようにまとわりついて身動きできなくなった。

――今まで言ってた君のプロフィールは全部、嘘だろう？

どうして気づかれたのか尋ねる気力はなく、ただ頷いた。目の前が暗くなっていくような気がした。

誠司は、まず君は大学生には見えないと言った。一般的な在学年齢でなくても学生であることはありえるが、雰囲気でそうではないとわかる。自分はその大学の出身だから、なおのこと。どうして嘘をつくんだろうと思ったから、地下鉄に乗る君のあとを尾《つ》けた。それが先週。君の暗い様子から、もうこんなことはやめようと思っているのがわかった。

――今日会えたら、ちゃんと話をしようと思ったんだ。

もうだめだ……。観念してすべてを打ち明けた。歯切れが悪く、どうやって自分のプライドを守ろうかと考えながら言葉を選んでいたが、次第にどうでもよくなり、舌はすべらかになった。誠司は時折相槌を挟みながら聞き、最後に尋ねた。

——それで……どうする？　もう俺に会いたくないならそれでもいいし、もしそうじゃないなら、今度どこかに遊びに行かないか？

彼の言葉に驚いた。なにもかも偽っていた自分に、希望の欠片を差し出してくれる優しさが眩しかった。

——どうして、まだわたしに？

誠司は何かを言いかけてやめ、首を傾げた。

——土曜日って空いてる？　豊洲から水上バスで浅草に行ってみない？

もちろん、承知した。思い返せば、あの時が幸せの頂点だった。

＊

待ち合わせをしていた喫茶店に駆け込んでみたが雪はいなかった。店員に訊くと、個人情報だからと戸惑いつつ、もう一人の女性と出て行ったと教えてくれた。

外に出たものの、どこに行けばいいのかわからない。移動するにしても、地下鉄を使うほうがいいのか、タクシーに乗るべきなのか判断がつかなかった。

蓼子の電話番号は、誠司のスマホにはもう登録されていない。消してしまうのではなかったと後悔したが今更だ。雪の番号に掛けてみたが、電源が切られている。苛立ち紛れに歩き出したその時、スマホが音を立てた。

雪の番号だった。

『初めて一緒に行った浅草の水上バス乗り場、覚えてる？』

ぼそぼそと低い女の声がする。誠司は焦りのままに早口で言った。

「何がしたいんだ？　どうして雪と？」

『そこで待ってる。また連絡する』

誠司の問いかけを一蹴するように冷たく言い、通話は切れた。


「……水上バス乗り場？」

通話を切った絵美は、隣に立っている雪を睨んだ。電車がいなくなった地下鉄のホーム、コートのポケットに両手を入れている雪に怯《おび》えている様子はない。絵美が誠司の元恋人で、雪を脅迫していて、しかも刃物を持っている。これだけの条件が揃えば、危険を感じないはずがないのに。

「今から水上バスに乗るの？」

雪の素朴な甘い声は相変わらず魅力的で、だからこそ馬鹿にされているような気がした。突き上げて来た怒りをなんとか押し殺し、絵美はついて来るように促した。

それなりに人がいる構内を並んで歩いて行く。出口番号を確かめながら地上に出た。日差しはすでに夕日の色を帯びている。

「寒いね」雪はコートの前を掻き合わせた。「あなたは平気？」

車内では暑かったので、絵美のダウンコートの襟は開けてある。風が喉を急激に冷やしていくのを感じるので、本当はスナップを留めたかったが、雪の前で少しでも弱さを見せるのが嫌だった。

何も言わずに歩き続けていると、雪が小さく言った。

「若いね」笑い声が不快だった。

「どうして、そんな仕事をしているの？」

隣を歩く雪がにっこりと笑うのがわかった。

「交換で教え合わない？」

「……何？」

「わたしがあなたの質問に答えたら、あなたはわたしの知りたいことを教える。嘘を答えられたらどうしようもないけど、とりあえず教えてくれるだけでいいよ」

「自分の立場わかってる？」

「わかってるけど、あなたが期待している反応が返せなくても、それはわたしのせいじゃないかな」

絵美は顔を前に向けた。何度か歩いているとはいえ、誠司と最初に出会った場所までは駅からそれなりに距離があるのだ。

「……べつにいいよ。じゃあ、わたしからね」

「あなたの質問には今、答えたでしょ」

「それならさっきはあなたの質問に答えた。誠司君とのこと」

「そこはノーカウントにしてよ」

絵美は呆れた。雪の口調は柔らかく、恐怖どころか、緊張さえしていないように聞こえる。脅しているほうの絵美が怖くなってきた。だが、投げ出すなんてできない。

「次はわたしの番。どうして恋愛絡みの便利屋なんて始めたの」

雪は黙ったが、答えるのを拒否しているのではなく、考え込んでいるように見えた。やがて、彼女は言った。

「世の中には恋が溢れてるじゃない？　広告に歌、ドラマ、映画、焦らせるみたいに。そういうのでぼんやりと、恋愛っていうのはこういうものですっていう見本があって、わたしたちはなんとなく『ああ恋愛ってこうやってやるんだ。こうすれば恋愛なんだ』って理解してる。じゃあもし、見本がなかったら、見本からズレちゃったら、みんなどうやって恋をするんだろう。そもそも本当に、正しい恋愛なんてあるのかな？　そう思って、いろんな恋を覗きたくなったの」

絵美の足取りは自然と遅くなり、雪の言葉を聞き洩《も》らすまいとした。

「はい、じゃあ次はわたしね。誠司君を浅草まで行かせて、そこからわたしたちがいる豊洲まで来させるの？」

絵美は気持ちを引き締めて雪のスマホの電源を入れた。

ふたたび誠司に掛ける。

電話に出た誠司は息切れしていた。

『――はい』

「遅いからもう移動した。次は池袋。一緒にプラネタリウムを見た場所に来て」

『蓼子』

「わたしが雪を捕まえてるってこと忘れないでね」

通話と電源を切り、絵美は歩く速度を上げた。今のが雪の質問への答えなので、次は絵美が尋ねる番だ。

「誠司君とは、正しい恋愛をしてるの？」

「違うでしょうね」あっさりと答えられた。

ちょっとびっくりして、絵美は雪の横顔を見た。雪はこちらを見ずに微笑んだ。

「じゃあ、またわたしの番。あなたが誠司君に電話を掛ける時、そんなふうにぼそぼそとした話し方になるのは、なぜ？」

「わたしはプロじゃないから、上手くできなかった。初めて誠司君と話した時、緊張してああいう話し方になって、そのままになった」

「……なるほど？」

まっすぐな歩道を歩いて、水辺の公園にたどりつく。子供連れやペットを散歩させる人の姿が目立った。絵美は記憶をたどりながら左に折れて、東京湾に流れ込む運河沿いを進んだ。

夕日が運河面に溶けて、そこだけが金属になったようだった。熱を感じる色合いだが、風は冷たさを増している。我慢できなくなった絵美はダウンの前を掻き合わせた。

タワーマンションのほとり、もうすぐ、誠司が蓁子と出会ったあたりだ。

絵美は自分のスマホで時刻を確認した。午後五時まで、あと二十分ほど。

本当は早朝にしたかった。誠司と出会った明け方。しかしそうするには始発電車さえ動いていない時間帯に雪を呼び出すしかなく、そんな手段は思いつけなかった。だからせめて、〝反対側の時刻〟にしたのだ。十二時間、時計の針が同じ数字を指している、朝と向かい合わせの夕方。

「質問しないの？」

雪の問いに思わず笑ってしまった。どうでもよく思え、そういえばなんで質問のやりとりなんて始めたんだっけ、と思った。

建物の影が落ちている歩道の途中まで来た。風景の情報から、このあたりだろうと思った。

雪が突然、言った。

「それなら、わたしが訊くね。あなたはどうして、別人のふりをしているの？」

「……何のこと？」

「あなたは蓁子さんじゃないでしょう。絵美さん」

立ち止まった絵美を、雪は一歩進んで振り返った。

「どうしたの？　もうちょっと先じゃない？　笹森《ささもり》蓁子さんと誠司君が、いつもおしゃべりをしていたのは」

雪は三メートルほど先の地面を指した。

＊

絵美は唇を開いたが、はぐらかす言葉どころか、問い返しの声さえ出せなかった。

雪は柔らかく微笑んだままだ。

「せっかくだから、ちゃんとその場所まで行きましょう。ね？」

何度か心臓の音を聞いて、やっと言葉を音にできた。

「――なんで？……」

絵美の目が泳ぎ、歩道のタイルのモザイク模様や、建物の外壁を映した。最後に水面を見て、さっきまで溜まっていた眩しい光が消えていることに気づいた。

雪は静かに説明をする。

「わたし、本物の蓁子さんに会ったことがあるのよ。彼女にはわたしのことを打ち明け、そして蓁子さんからあなたのことを聞いた……。わたしはその時、あなたに仕事を仕掛けてみたいと思った。ごめんね、あなたにとって不快な話でしょうね……」

絵美は「仕掛けるって？」と訊いたつもりだったが、うまく言えなかった。しかし雪には絵美のいわんとしたことが理解できたようで、気持ちを汲んだ会話が続いた。

「藜子さんがあなたに打ち明けた内容は知ってる。誠司君と付き合うようになって、藜子さんは幸せだったけど、ある時から彼の様子が変化した。そして言われたのね、本当は別の人が好きで、その人を忘れるために藜子さんと付き合っていたって」

「……待って」

「藜子さんと誠司君のことは、これは、二人のあいだのことだと思う。でもわたしは、あなたが気になった。想いというものは、もやもやしたまま心の中に溜めておくと、どんどん強くなっていつか持ち主を食べてしまう。そうしてはいけないから……」

何か訊きたいことはあるかと、雪に目で尋ねられた。絵美はせり上がって来た言葉をそのまま音にした。

「藜子さんから、わたしのことを聞いた？　あの人は、わたしのことを、なんて……」

「『わたしに懐いていた子供』だって。昔近くに住んでいたんでしょう？」

絵美は拳を握りしめて、泣きたい衝動を堪えた。

懐いていた子供。傍《はた》から見ればそうだったし、そういう言い方をしてもらったのは嬉しかった。

絵美の母親は絵美が小学生の頃に離婚し、絵美を連れて家を出た。実家とも疎遠だった母は一生懸命に働いていたが、精神的にも肉体的にも疲れているのは幼い絵美にもわかった。

そんな母が再婚したのは、絵美が中学生になって間もなく。母より一回り年上の銀行員で、初婚だった。真面目で折り目正しい雰囲気は、絵美の実父とは正反対に見えた。

絵美は新しい父親に認められたい一心で、つねに気を張って暮らした。脱いだ靴は踵を揃えて玄関の端に置き、学校からのプリント類は忘れずに渡し、もちろん良い学習成績を取る。それなりに疲れはしたが、新しい父親は絵美を虐《しいた》げたりなどせず、会話こそ少なかったが、うまくやっていけるのではないかと思っていた。なによりパートを辞めた母が、日に日に元気になっていくのが嬉しかった。

転機が訪れたのは、絵美が中学二年生の時だ。

母が妊娠した。それ自体は喜ばしいことだったが、ほどなくして、両親が「落ち着いて勉強をするために」と自宅から一駅離れたところに、絵美のためのマンションを借りた。絵美のための部屋は、家族が暮らす家の中にもあったのに。

両親が何を望んでいるのか理解した絵美は、二人の願いを叶えてあげることにした。できるだけマンションで時間を過ごし、母が「勉強に集中したいなら夕食をお弁当にしてあげるけど、どうする？」と電話をしてきた時には、ありがたく従った。夜は家族のもとに戻ったし、両親は絵美を表面上は温かく迎えてくれたが、そんな態度は近隣住民へのパフォーマンスだとわかっていた。たまに新しい父が、絵美を警戒するようなじっとりとした目つきをする。母は、稼ぎが良く、横暴な行為をしない新しい夫の機嫌を、いつも気にしていた。絵美だって虐待されるわけではなく、マンションはオートロックつきの広いワンルーム。進学先だって好きに選ばせてくれる。悪い暮らしではなかった。たとえ絵美が、静かに家族から切り離されていくとしても。

悲しかったが、自分が我慢をすれば母は幸せでいられるのだと思った。寂しさに何度も泣いたが、その涙のわけは家族が恋しいからだけではなかった。

わたしはこのまま、貴重な時間を失っていくのかもしれない。

優しさや希望が世界にはあるのだという夢は、絵美の十四年のどこを探してもない。一生懸命に絵美を育ててくれた母も、自分のために絵美を捨てた。

冷えた絶望に震えていた頃に出会ったのが、笹森蓁子だった。

蓁子は隣の部屋に越して来た会社員で、たまたま廊下で会った時に挨拶をした。その夜に、作りすぎたからと夕食を分けてくれて、さりげなく絵美を心配してくれた。ワンルームの部屋だから、絵美が家族と暮らしていないのは察しがついたのだろう。絵美は適当に誤魔化したが、他人からの気遣いは気持ちが悪いどころか、不思議と心に染みた。

それからは顔を合わせれば挨拶をし、絵美も時々は料理やお菓子を持って行くようになった。蓁子は年の差を感じさせない態度で絵美を迎えてくれ、蓁子の生い立ちが絵美と似通っていると打ち明けられてからは、家族よりも近しく感じられるようになった。

妹が生まれて、絵美が三年生になると、受験勉強を口実に、本格的にマンションで暮らすようになった。その頃初めて蓁子の部屋に入った。彼女の部屋には本やDVDがたくさんあった。絵美が知っているアニメも、名前を聞いたこともない海外ドラマもあった。蓁子の好みはファンタジーとサスペンスで、休日になると絵美は蓁子の部屋で時間を過ごすようになった。

好きな映画を見る時、蓁子は子供のように瑞々しい口調で、この映画のどこが美しいのか、登場人物の行動の素晴らしさについて語った。聞いているうちに、絵美はあることに気づいた。蓁子は自分の人生を捨てていない。絵美は、人生とは子供の時分が頂点で、大人になるにつれて萎《しぼ》んでいくのだと思っていた。けれど蓁子は、少しずつ昇っていく人生もあると信じている。

絵美は希望を見た気がした。三十歳の蓁子は、人生の先を歩く先達。彼女が幸福を追いかける限り、自分も諦めないでいられる。

恋人ができた、と藜子から告白されたのは、部屋に出入りするようになって間もない頃だった。馴《な》れ初《そ》めについても聞いた。嘘から始まった恋だなんて、本当にそんな美しいものが存在したのだ。絵美は嬉しかった。なんとしても、藜子には幸せを摑んでもらいたかった。そうすれば絵美も、自分の未来を夢見られるようになる。

藜子の様子が変わったのは、絵美が高校受験を終えた頃だった。俯いて黙り込み、絵美が訪ねても具合が悪いと言って玄関先で帰るように言われる。恋人と何かがあったのだと思った。話して欲しかったが、打ち明けてとねだれないまま時が過ぎ、ある日、藜子の部屋は空っぽになった。

清掃業者が入った日、絵美は開きっぱなしのドアから中を覗いた。たくさんの夢を話し合った部屋からは、家具がきれいになくなっていた。

藜子に、何があったのかを聞きたい、とメッセージを送ってみた。大人になっても人生を信じているあなたと出会い、自分がどんなに希望を持てたかも書いた。三日ほど経過して、やっと返信が届いた。誠司がずっと一人を思い続けており、いわば藜子を騙《だま》すかたちで付き合っていたことが、短い文章で綴られていた。その返信以降、藜子は連絡をくれなくなった。

絵美は、藜子が誠司と出会ったという豊洲に行ってみた。それらしい人間はいないし、藜子が出会いの瞬間について語った美しさもなかった。きらめきは彼女の心にしかなかったのだろう。藜子が見ていた夢は、大人になりきれない女が被っていた幻想だったのだと思い知った。けれど、その幻想が絵美には大切だった。絵美が生きている現実は、直視すれば、生きるために必要な水が干上がってしまうほど侘《わび》しい。あなたよりもっと不幸な人もいる、という言葉は何の役にも立たない。絵美の不幸は絵美だけのもので、他と比べたからといって現実が変わるわけではないからだ。夢にだって現実を変える力はないが、癒しはくれた。藜子が見ていた夢は、絵美を致命傷になる痛みから救った。

「あなたにすべてを打ち明けて欲しいと、藜子さんに頼んだのはわたし」

絵美は足元がぐらつくような気がした。すべて仕組まれていた。わたしは疑いもなく、雪のシナリオに踊らされていた。でも、どうしてそんなことを……いやその答えは、さっき雪が言ったじゃないか。

「それで、誠司と……。わたしのこと嗤《わら》ってたの？　さっきの、誠司の慌ててるような感じも、お芝居？」

いつの間にか伸びて来た雪の手が、絵美からスマホを取り上げた、取り返そうと動いたが、それはほとんどふりだけで、絵美の手に力は入っていなかった。

電話を掛けようとするのを見た途端、絵美は叫んだ。

「やめてっ」

「どうして？」

「あともう少し待って」

雪は手を止め、探るように絵美を見つめた。

「……もう少し？」

絵美は頷いた。

「どのくらい？」

頬に夕日を感じる――時計を見なくても、あとほんの少し。

「わかった。それくらいなら、大丈夫だから」

雪は絵美からわずかに距離を取ると素早く指を動かした。呼出音が鳴る。スピーカーにして、絵美にも電話を掛けた相手とのやりとりが聞こえるようにしてくれたのがわかった。

すぐに誠司が出た。

『今度はどこに行けばいい』

張りつめた言い方を聞いて、雪は優しく微笑んだ。

「ごめん、誠司君。わたし」

『雪？』安堵が深い声が、絵美の心臓を縮ませた。どうしてその声を、蓁子さんに向けてあげなかったのと心が暴れた。

「あなたが蓼子さんと初めて会った場所に来て。今池袋？　なら、そんなにかからないでしょう。待ってるから」

誠司が引き留める声を出したが、雪は通話を切った。

スマホをコートのポケットにしまい、絵美のうしろの何かを見遣る。たぶん、陽が沈む速度を計っているのだろうと思った。

「ねえ絵美さん、あなた恋をしたことがある？」

唐突な質問だったのと、雪の生業の両方が、絵美に答えを躊躇わせた。

「わたしはある」雪はとびきりの笑顔を見せた。「わたしはね、人が好き。一緒にいるととても楽しくて、その人の幸せが自分よりも大事で、世界のどこかにその人がいるだけで、どんなにアンラッキーな日でも世界を肯定していられた。さて、これは恋でしょうか？」

絵美は戸惑いながら頷いた。自分の頭の中にある『これが恋という気持ちです』と刷り込まれた見本と比べていたことは、意識しなかった。

「その対象が全員でも？」

「全員？」

「会った人の中で、素敵だな、いい人だな、可愛いな、優しいなと思った人に対してみんなにそう願っても？」

今度は言葉が出なかった。さっきとおなじように見本を引っ張り出してみて、絵美は自分が判断の基準を世間に任せていることに驚いた。絵美の心を読んだように雪は頷いた。

「恋は特別な気持ちだって、だから誰にでも感じるならそれは恋じゃないって、ある人はわたしにそう言った。別の人は、わたしは恋多き女なんだよって言った。そのあたりから、なんだか怒ってきちゃった。わたしが恋だと決めた気持ちを、それは正しくないよだなんて、どうして他人が簡単に否定できるんだろう」

雪が笑顔と怒り顔を混ぜた表情を作ったので、絵美は思わず噴き出してしまった。すぐに口元を押さえたが、雪は絵美の反応を喜ぶように続けた。

「恋は特別っていうくせに、街中には恋が溢れてる。しようがしまいが、それだってどうでもいいじゃない。素敵の反対側が『しなきゃだめ』だったら、向かい合ってる素敵だって魅力をなくしちゃうでしょう。考えてもわからなかった。だから、こっちから見に行ってやることにしたの」

「見に行く……？」絵美は訊いたが、雪の話に引き込まれている自分をおかしいとは思わなかった。

「世の中に溢れている恋、それがどんなものなのかを確かめてやろうって。だから、恋愛の便利屋を始めた。そうしたらね、全然、違うの。男と女で出会って、お互いが結婚生活に耐えうる人格かをジャッジし合って、合格なら家庭を持つっていう、いちばんゴールデンなルートばかりじゃない。その道はもちろん、祝福したくなる恋の形なんだけどね。でもそれだけじゃなかった。いろんな恋がある。みんな自分の一番強烈な想いを恋と呼んでいる。醜いものから美しいものまで。たくさん種類がありすぎて、わたしは今でも時々、眩しくてクラクラする。こんなに色とりどりの世界が、わたしたちのすぐ側《そば》にあるんだって思うとね……」

回想するように目を閉じた雪は、あっと言って目を開けた。

「ごめん、誠司君の話をしてないね。誠司君は大学の同級生で、彼に、付き合って欲しいって言われたの。それでね、わたしはちょうど世間の恋愛ルールに迷っていた頃だったのもあって、わたしはこんなふうだけど構わない？　って訊いてから付き合い始めた……ん、だけどね。ちょっとしたら彼は、こう言ったのね。俺と一緒にいれば、雪のそういうところもなおるよって。ああ無理だ、ってなって、別れたわ」

雪は肩を上下させ、ふたたび口を開いた傷口の痛みを堪えるように眉を寄せた。

「言葉こそ最悪だけど、たぶん誠司君は、本当に悪気があってそんなことを言ったんじゃなかったはず。彼には自分の世界しか見えない。これは合うか合わないかの話なんだと思う。彼と再会して誠司君はもういちどわたしを好きになったんだって。わたしは、人が隠している恋の様々な姿を見たら、誠司君は変わるんじゃないかと思って。他人を変えたいなんていうのも、傲慢なんだけど。その我儘《わがまま》を通そうと思った。彼に一年間、わたしの仕事を見てもらう。誠司君は承知してくれた」雪は困ったように笑った。

絵美は頭を振り、運河を見た。すっかり暗くなった運河の上で、端だけが明るい空が重たげに広がっている。

雪は柵に背中をつけた。もう話すことはないと、その姿が言っている。それでも逃げ出したりせず、絵美が待っているものを待つ姿勢に見えた。

風と一緒に時間が流れた。太陽は沈み、空はいつもの濃い藍色になった。まだかろうじて西の雲が白く見えるが、絵美は鞄のサイドポケットを開けて、中のものを取り出した。

カッターナイフを見ても雪は動じなかった。それどころか、絵美がほんの少し運河のほうに手を動かすと、やんわりと言った。

「捨てるのはどうかな。魚が怪我《けが》をするかもしれないし、ゴミを増やすのはよくないよ」

絵美は笑ってしまった。

「刺されるとか、少しは」

「これでも危ない橋はたくさん渡ってるの。殺意があるかどうかは、気配でわかる」

絵美は自分の口元から力が抜けるのを感じた。このひとには敵《かな》わない、と思った……。

「わたしか誠司君を切りつけるつもりだった？」

「違う。けど、わかってるんでしょ。そんな仕事してるんだから」

「想像はできるけど、あなたの口から聞いてみたいな」

溜息が漏れた時、近づいて来る靴音に気づいた。振り返ると、髪が乱れ、疲れた顔の男がいた。

絵美に教えるように、雪は呼んだ。

「……誠司君」

絵美は自分の心を探り、誠司と会った時に感じるだろうと思っていたあらゆる気持ちを感じていないことに拍子抜けした。一目見ただけで、彼という男がわかる。容姿の良さ、彼を見た者は大抵が好意を抱く。そういう相手も、そうでない者も、どう扱えば自分に有利になるかを知っているタイプの人間。

絵美にはなぜ誠司が雪にこだわったのかも理解できる気がした。雪は誠司が出会った人間のなかでただ一人、誠司の予想を裏切る行動と反応をしたのだろう。よくある惹かれ方だが、その先で誠司は今まさに、見本のない恋をしている最中なのかもしれない。

「こっち来て、でも何も言わないで。絵美さんの話を聞いてくれる？」

誠司は雪と絵美を交互に見て、ゆっくりこちらに歩み寄った。絵美はカッターナイフを握っている自分の右手をそっと隠したが、そうしなくても誠司は雪ばかりを見つめていたから気づかれなかったかもしれない。

「メールしたの。今日ここで、この時間にわたしが待ってるって」絵美が右手を見せると、誠司がぎょっとしたのがわかった。そんな誠司の袖を、雪がそっと摑んで止めた。「来なかった。蓼子さん、来てくれなかった……」涙が溢れてしまったのを感じて、絵美は目元を拭った。

絵美は蓼子が大好きだから、彼女にひどいことをした二人に責任を取らせたいのだと思っていた。でも今、蓼子が来なかったことで、そのたてまえの下にある自分の本当の気持ちが見えた。

絵美は蓼子がどうするのかを見たかったのだ。どうなるのが、美しい恋を砕かれた結末にふさわしいのだろう。絵美にはまだ、そこまで唐突に裏切られた経験がない。母親の行為は、ゆっくりと冷淡に、絵美の安全を確かめた上での突き放しだった。そうじゃない暴力は、どんなやりかたで解決すればいいのだろう。絵美は自分の分身である蓼子に、見本を見せて欲しかったのだ。

でもこれは自分勝手な願いだ。蓼子の人生は蓼子のもので、絵美の人生は絵美が引き受けなければならない。見本はあてにならない。雪が気づいたように。わたしも今、そのことを理解した。

「もう、いいよ。ごめん。行っていいよ、二人とも……」

何度か拭うと、涙は止んでくれた。ただ心がとても疲れている。怖がってもいる。隣を歩いてくれる人には会えるかもしれないが、前を歩いてくれる人はいない。ずっと誰かのあとをついて行けば、いつかその背中に向かって「こんなはずじゃなかった」と石を投げることになるだろう。そんな人生は間違っている。

目を遣ると、雪は柵に寄りかかったままだ。誠司も動こうとしない。

「……なんで？」

「もうちょっと、待ってみたいなって」

待ってもきっと藜子さんは来ない。と絵美は口にしようとして、わたしのことを言っているのだ、と理解した。絵美の心が落ち着くまで、側にいてくれようとしている。

絵美は、こころもち俯いている雪のきれいな顔を眺めた。どのくらいの恋を見たらそんなふうに、人を思い遣れる人になるのだろう。しかも彼女が渡り歩いた恋は、見本品とは違う。ひとつひとつが唯一の、孤独で立派な旅人だ。

絵美は藜子のことをとても好きだと思っていた。けれど違った。絵美が好きだったのは、結局のところ、藜子の上に重ねていた自分だ。わたしはわたしを好きになりたくて、わたしによく似た別の人が幸せになるのを見ることで、自分を好きでいいんだと確認したかったのだ。

なあんだ。それだけのことか。でも、それだけのことがきっと素晴らしい。わたしは、わたしを好きだ。このツラを下げて、生きるのだ。

絵美は前を向いた。日は沈み、地面は黒い。歩き出すために、少し、前屈《かが》みになってみる。

この作品は二〇一六年五月小社より刊行された
『恋愛採集士』を改題したものです。

最後《さいご》の彼女《かのじょ》

日野草《ひのそう》

令和5年5月15日　初版発行

発行人――石原正康
編集人――高部真人
発行所――株式会社幻冬舎
〒151-0051東京都渋谷区千駄ヶ谷4-9-7
電話　03(5411)6222(営業)
　　　03(5411)6211(編集)
公式HP　https://www.gentosha.co.jp/
印刷・製本―株式会社 光邦
装丁者――高橋雅之

幻冬舎文庫

ISBN978-4-344-43295-6　C0193　ひ-24-1

この本に関するご意見・ご感想は、下記アンケートフォームからお寄せください。
https://www.gentosha.co.jp/e/